에놀라 홈즈 시리즈 2

왼손잡이 숙녀

두 번 째 사 건

왼손잡이숙녀

낸시 스프링어 지음

장여정 옮김

북레시피

죽음이 닥치고 있었다……

발걸음을 옮기는데 몸이 덜덜 떨렸다. 추위 때문에,
또 무서움 때문에. 나는 청각을 곤두세웠다.

잠깐 딴 데 정신을 팔다 등 뒤에서 기척을 느꼈을 땐
이미 늦은 뒤였다.

나직한 소리가 들렸다. 얼어붙은 진흙과 부서진 돌이
밟히며 나는 소리일까? 어쩌면 악당의 거친 숨결인지도
모른다. 헉. 깜짝 놀라 입을 열려고 하는 순간, 뒤를 돌아
보려고 하는 바로 그 순간, 무언가 내 목을 죄어왔다.

정체 모를 무언가가 등 뒤에서 내 목을 졸랐다.

공포를 느낄 만큼 강력했다.

조르는 힘은 점점 더 강해졌다.

사람 손은 아니었다. 뭔가 가느다랗고 구불구불한 것이
내 목을 죄고 있었다. 생각이란 걸 할 수도 없었고
품속의 단검에 손을 뻗을 새도 없었다.

내 목을 고문하고 있는 저 정체 모를 것으로부터 벗어
나기 위해 두 팔을 허우적거려봤지만 애꿎게 램프만
떨어뜨렸다. 서서히 숨이 막혀왔다. 고통스러움에 몸부림
을 쳤지만 입에서는 소리 없는 비명만 흘러나왔다. 눈앞
이 점점 캄캄해지기 시작했다. 죽음이 닥치고 있었다.

어머니께 바칩니다.

〈에놀라 홈즈 시리즈〉 전6권

『사라진 후작 *The Case of the Missing Marquess*』(1권)

『왼손잡이 숙녀 *The Case of the Left-Handed Lady*』(2권)

『기묘한 꽃다발 *The Case of the Bizarre Bouquets*』(3권)

『별난 분홍색 부채 *The Case of the Peculiar Pink Fan*』(4권)

『비밀의 크리놀린 *The Case of the Cryptic Crinoline*』(5권)

『집시여 안녕 *The Case of the Gypsy Goodbye*』(6권)

왼손잡이 숙녀

1889년 1월, 런던
·
11

1장   2장   3장   4장   5장
·   ·   ·   ·   ·
16   33   45   56   70

6장   7장   8장   9장   10장
·   ·   ·   ·   ·
82   95   111   124   140

11장   12장   13장   14장   15장
·   ·   ·   ·   ·
152   166   180   193   207

16장   17장
·   ·
221   232

1889년 2월, 아직 추위가 풀리지 않은 겨울
·
245

옮긴이의 글
·
252

1889년 1월,
런던

"싫다는 애를 군이 기숙학교에 보내려고 하지만 않았어도 이런 황당한 일은 없었겠지!" 평소 클럽 모임이 열리는 방 안의 두 남자 중 키가 더 크고 더 어려 보이는 남자가 말한다. 날카로운 얼굴, 야위었다 싶을 정도로 마른 몸, 광이 나는 검은색 부츠와 바지, 연미복 스타일의 재킷 차림으로 방 안을 서성이는 남자는 꼭 검은 왜가리 같다.

"사랑하는 동생아," 더 나이가 들어 보이고 살집이 있는 남자가 모로코가죽을 씌운 팔걸이의자에 안락하게 앉아 들풀 울타리처럼 무성한 눈썹을 들어올려 보인다. "그렇게 흥분하다니 평소 너답지 않은데." 저녁 메뉴로 맛있는 로스트비프를 고대하고 있는 남자의 목소리는 은밀하고 사적인 대화를 나누는 이 공간에 걸맞게 차분하고 부드럽다. "그 바보 같은 녀석이 이 거대한 가마솥 같은 도시에 이미 와 있는지도 모르지. 벌써 강도를 당해 빈털터리가 됐거나 여자로서 험한 꼴을 당했을지도 모르고. 그래, 끔찍해. 그렇다고 해도 감정적으로 대할 문제가 아냐."

"어떻게 냉정하란 거지? 우리 동생 일이라고!" 서성이던 남자는 돌아서서 매처럼 날카로운 눈빛을 쏘아붙인다.

"동생 일이라…… 우리 어머니도 행방불명이야. 그래서? 개집에 들어앉은 폭스하운드마냥 불안해하면 그 아일 찾는 데 도움이라도 되나? 정 탓을 하려면," 앉아 있는 남자는 폭신하게 불거진 배를 덮고 있는 실크 조끼 위로 두 손을 포개며 덧붙인다. "어머니를 탓해야지." 논리적인 그는 합당한 이유를 대기 시작한다. "시켜야 할 예법 교육은 않고 애가 속바지 차림으로 자전거를 타고 다니든 뭘 하든 제멋대로 하도록 내버려둔 게 어머니야. 애가 나무를 타고 놀 동안 꽃이나 그리면서 소일했던 사람이 어머니라고. 그 애한테 가정교사며 사교춤 선생을 붙여줄 돈, 우아한 드레스 사 입힐 돈을 가로챈 것도 어머니고 결국 그 앨 저버린 것도 어머니지."

"그것도 그 애의 열네 번째 생일에 말이야." 서성이던 남자가 중얼거린다.

"생일이든 아니든 그게 무슨 상관이지?" 나이 많은 남자가 반박한다. 이제 이런 이야기는 지겹다는 투다. "자기 책임은 깡그리 무시하고 결국 애를 버리고 떠난 건 어머니야. 그리고……."

"그리고 오빠란 사람은 상처 입은 어린 여자애한 테 집을 떠나라며 등을 떠밀었지. 이제 갠 홀로 떨면 서……."

"겉모습이나마 그 앨 숙녀 비슷하게 만들 방법은 그 뿐이었어!" 형이란 남자는 가차 없이 쏘아붙인다. "다 른 사람은 몰라도 너만큼은 그게 이성적인 결정이었단 걸 알아야……."

"이성이 다는 아냐."

"네 입에서 그런 말이 나올 줄이야!" 살집 있는 남자 가 갑자기 등받이에서 몸을 일으키며 바로 앉는다. 더 는 차분함과 침착함을 찾아볼 수 없지만 (흠잡을 데 없 이 말끔한 각반을 두른) 그의 부츠는 모자이크 무늬 나무 바닥을 단단히 딛고 서 있다. "왜지? 왜 갑자기 감정에 호소하고 휘둘리는 거야? 집 나간 반항아 여동생 소재 를 찾는 일이 다른 일들하곤 왜 다른 거지?" 남자는 따 져 묻는다.

"왜냐면 그 앤 우리 여동생이니까!"

"태어나고 딱 두 번 본 게 전부인 까마득히 어린 여동생 말이지."

매처럼 날카로운 얼굴로 한시도 가만히 있지 못하던 키 큰 남자가 그대로 멈춰 선다. "한 번만 봐도 충분해." 날 서 있던 속사포 같은 말투가 천천히 누그러든다. 남자의 시선은 형을 향해 있지 않다. 오히려 방 안 저편의 떡갈나무 벽 너머를 향해 있다. "그 앨 보면 내 어린 시절이 떠올라. 코며 턱이며 휘적휘적 그 어색한 모양새며, 그냥 어디에도 속하지 않는⋯⋯."

"터무니없는 소리!" 형이란 자는 황당하다는 듯 당장에 그의 말을 막아선다. "말도 안 되는 얘기지. 갠 여자애야. 그렇게 똑똑하지도 못하거니와 보호가 필요한 존재라고⋯⋯ 비교 대상이 아니야." 인상을 찡그리면서도 정치인답게 그는 다시 본론으로 돌아간다. "지나간 일은 따져봐야 의미가 없고, 그래서 넌 지금 그 애를 어떻게 찾자는 거냐?"

저 멀리 향하던 시선을 애써 거두며 그는 날카로운 회색 눈을 형에게로 돌린다. 잠깐의 침묵 후 그가 짧게 답한다. "계획이 있어."

"당연히 그렇겠지. 무슨 계획인지 말해줄 생각은 있고?"

침묵.

다시 등받이에 몸을 기대며 형은 엷은 미소를 짓는다. "늘 알쏭달쏭, 그래야 셜록이지. 안 그래?"

이름난 탐정인 동생은 어깨를 으쓱해 보인다. 이제는 그의 태도가 형만큼 차갑다. "지금 이 시점에서 형한테 말해봐야 소용 없고, 도움이 필요하면 연락하지, 마이크로프트 형."

"그럼 오늘 이렇게 찾아온 이유는?"

"한 번은 솔직하게 이야기하고 싶어서."

"셜록, 진심으로 하는 소리냐? 지금 좀 진정할 필요가 있는 것 같다. 많이 놀랐구나. 너무 애를 태우는 거 같아."

"애를 태우지 않는 것보단 낫다고 생각해." 자리를 뜨려는 듯 셜록 홈즈는 모자와 장갑, 지팡이를 챙기곤 문을 향해 돌아선다. "갈게, 마이크로프트 형."

"계획이 성공하길 바라마. 잘 가라, 셜록."

1장

사환 아이가 은쟁반에 들고 온 명함을 보고 나는 깜짝 놀랐다.

"존 왓슨, 의학박사." 잘못 본 건 아닌지 소리 내어 읽어보기까지 했다. 1889년 1월 이제 갓 런던에 문을 연 세계 유일의 사무소 '사이언티픽 퍼디토리언'을 찾아온 첫 고객이 하고많은 사람 들 중 '존 왓슨'이라니, 믿을 수가 없었다.

존 왓슨이라. '존'이야 흔하디흔한 이름이지만 '왓 슨?' 게다가 의사라고? 머릿속에 떠오르는 그 사람이 맞을 것 같으면서도 역시나 믿기지가 않았다. "그분이 려나, 조디?"

"저야 모르죠, 레이디."

"조디, 전에도 말했잖아. '미스 메쉴리'라고 부르라니까. 미스 메쉴리." 나는 눈을 굴리며 말했다. 그래, 상류층 이름 같다며 아들 이름을 '조드퍼', 그러니까 '승마 바지'라고 지은 어머니 밑에서 자란 애한테 뭘 기대하랴(심지어 교구 등록부엔 철자도 틀려서 'Jodhpur'가 아니라 'Jodper'다). 조디야 그냥 내가 러플 달린 옷이나 퍼프소매 같은 걸 입고 다니니까 '레이디'라고 부르는 거지만 그래도 입단속을 시킬 필요가 있다. 누가 물어보기라도 하면 골치 아파진다. 내가 실은 저랑 몇 살 차이 안 나는 십대 여자애라는 걸 눈치채지 못하게 하려면 물론 조디가 날 좀 어렵게 생각하는 편이 낫지만, 그래도 '레이디' 호칭은 그만 좀 했으면 싶다.

일단 다시 진정하고 혹시나 상류층 억양이 튀어나오지 않게 조심하자고 되뇌면서 조디에게 물었다. "신사분께 라고스틴 박사님이 지금 부재중이라고 말씀은 드린 거지?"

"예, 레이디. 아니, 미스 메철리."

'사이언티픽 퍼디토리언' 사무소를 운영하는 건 레슬리 티 라고스틴 박사다. 과학자는 남자여야 하니까. 그러나 이 '라고스틴 박사'가 사무소에 나와 있는 일은 없다. 왜냐, 라고스틴 박사는 내 상상 속에서만 존재하는 인물이니까. 물론 이런저런 가게며 가판, 청과상, 강연장 등 가능한 닥치는 대로 내가 뿌려놓은 명함과 광고에도 존재하긴 한다.

17

"무슨 일로 찾아오셨나 일단 왓슨 박사님을 한번 뵙게 사무실로 안내해줘."

조디가 달려나갔다. 겉으로만 봐선 조디도 나름 영리해 보인다. 소매와 바지 옆선으로 꼬임 장식이 된 유니폼에 흰 장갑, 머리엔 꼭 2단 케이크를 올린 것 같은 줄무늬 모자까지 전형적인 사환 복장을 장착했다. 하지만 뭐, 늘 그렇듯 유니폼이란 게 다 이상하기 마련이니.

조디의 뒷모습이 눈앞에서 사라지자마자 나는 책상 앞 나무 의자에 그대로 주저앉았다. 무릎이 어찌나 떨리는지 실크 속치마가 바스락거렸다. 이건 쉽지 않겠다. 숨을 깊이 들이쉰 후 눈을 감고 엄마를 생각했다. 엄마의 얼굴이 떠오르면서 목소리도 같이 들리는 것 같았다. "에놀라, 넌 혼자서도 아주 잘할 거야."

그렇게 하니 나름 효과가 있었다. 나는 진정을 되찾았고 눈을 떴을 땐 조디가 때마침 방문객들의 대기실로 쓰이는 응접실에서 왓슨 박사를 모셔왔다.

"왓슨 박사님. 저는 라고스틴 박사의 비서, 아이비 메쉴리입니다." 자리에서 일어나 악수를 청하며 나는 방문객을 살펴보았다. 그의 글을 읽으며 내가 떠올렸던 바로 그 모습 그대로였다. 대단한 부자는 아니어도 교양 있는 당당한 영국 신사. 혈색 좋고 친절한 눈빛, 그리고 조금 통통한 체형.

왓슨 박사가 진심으로 날 '아이비 메컬리'로 봐줬으면 싶었다. 그러니까 말하자면 전형적인 요즘 사무직 젊은 여성으로 말이다. 드레스 앞쪽 한가운데 동글납작한 브로치를 차고 우스꽝스러운 귀걸이에, 거의 싸구려 소재인 화려한 옷과 보석으로 단장한 (유니폼만큼이나 이상한) 최신 유행 차림의 여성. 풍성한 곱슬머리는 아마 바이에른 저 어디 농가 처녀가 잘라서 내다 판 것이리라. 품위가 없다고 할 순 없지만 그렇다고 양갓집 규수도 아닌 여자. 아버지는 안장 만드는 대장장이거나 술집 주인일 법한, 남편감을 물색하는 데 열을 올리고 있을 법한 그런 여자. 드레스에는 브로치, 목에는 흡사 개목걸이 같은 목걸이를 걸고 과한 리본 장식과 티가 나는 가발을 붙인 여자. 나는 이렇듯 '아이비 메컬리'의 이미지를 꾸며냈고, 변장은 성공적이었다.

"만나 뵙게 돼 반갑습니다, 미스 메컬리." 왓슨 박사는 장갑을 벗어 이미 벗어들고 있던 모자, 지팡이와 함께 조디에게 맡기고 나서야 악수에 응할 수 있었다.

"앉으세요." 나는 팔걸이 있는 의자를 가리켰다. "난로 가까이 당겨 앉으세요. 추위가 무시무시하죠?"

"그러게 말입니다. 템스강이 이렇게 두껍게 언 건 처음 봅니다. 스케이트를 타도 되겠더군요." 그러곤 왓슨 박사는 두 손을 비비며 난롯불에 가까이 대었다. 아무리 애를 써도 방 안이 따뜻해지지 않아 왓슨 박사가 앉아 있는, 천이 덧대어진 안락한 의자가 부럽기까지 했다. 런던에 오기 전까진 추위며 습한 날씨 때문에 힘든 적은 딱히 없었다. 추위가 견디기 힘들어진 건 런던에 온 후 거리에서 얼어붙은 거지(라기보다 정확히 말하면 그 시체)를 마주하고 나서부터다.

딱딱한 나무 의자에서 다시 자세를 고쳐 앉으며 나는 어깨 위로 숄을 당겨 두르고 (털장갑을 끼고 있어도 뻣뻣해진) 두 손을 비빈 후 연필과 메모장을 집어들었다. "정말 죄송합니다, 왓슨 박사님. 라고스틴 박사께서 지금 자리에 안 계시네요. 아마 왓슨 박사님을 직접 뵈셨다면 아주 기뻐하셨을 거예요. 셜록 홈즈 씨와 가까운 그 왓슨 박사님 맞으시지요?"

"그렇습니다." 왓슨 박사는 정중하면서도 그야말로 겸손하게 내 쪽으로 고개를 돌리며 말했다. "오늘 여기 온 것도 홈즈 때문입니다."

심장이 어찌나 쿵쾅대는지 왓슨 박사에게 심장 뛰는 소리가 들릴까 걱정이 됐다. 이제 왓슨 박사가 이곳을 찾아온 것이 반길 일인지 아닌지 더는 판단이 서질 않았다.

그가 바로 여기, 물건이든 사람이든 잃어버린 것을 찾아주는 세계 유일의 전문 탐색가를 찾아왔다는 사실이 말이다.

그러나 나는 적당한 평민층 억양을 써가며 여느 사무직 근로자처럼 효율적이지만 적극적이진 않은 자세로, 무례하지 않은 정도로만 응대하려고 애썼다. "그러시군요." 메모할 준비를 하며 내가 물었다. "홈즈 씨께 무슨 문제라도 있는지요?"

"미스 메쉴리도 이해하시리라 생각합니다만 라고스틴 박사가 오시면 직접 이야기를 하고 싶군요."

나는 미소를 지어 보였다. "박사님께서도 이해하시겠지만 라고스틴 박사님 대신 제가 어느 정도 미리 알아둘 필요가 있어서요. 박사님 시간을 아끼는 차원에서요. 레슬리 라고스틴 박사님 허락하에 하는 일이랍니다. 제가 직접 나서서 뭘 할 건 아니고요." 여성이라면 당연히 못 미더워할 테니 나는 그렇게 덧붙였다. "하지만 가끔은 제가 라고스틴 박사님의 눈과 귀 역할을 한답니다. 왓슨 박사님께서 홈즈 씨께 하시듯요." 최대한 '에놀라 홈즈'가 할 법한 말은 삼가면서 나는 왓슨 박사를 구슬렸다.

'제발. 왓슨 박사가 여길 찾아온 이유가 내가 생각한 게 맞는지 확인하고 싶어, 제발.' 물론 이렇게 간절한 속마음은 되도록 감추려고 노력했다.

"음, 그래요." 왓슨 박사는 확신이 없는 듯했다. "그렇겠지요." 그의 눈빛은 아주 부드러웠고 걱정 어린 눈빛은 더더욱 그랬다. "그렇지만 모르겠어요. 상황이 좀 조심스러워서요. 아시겠지만 셜록은 제가 여길 찾아온 걸 모르거든요."

'잠깐, 오빠가 왓슨 박사를 보낸 게 아니라고?'

심장이 쿵쾅대던 건 이제 좀 가라앉았지만, 이번엔 심장이 아파왔다.

이제 흥미를 잃고 나는 왓슨 박사에게 말했다. "전적으로 절 믿으셔도 돼요."

"그럼요, 물론이죠." 괴로워하던 이 영혼은 내가 흥미를 잃자 오히려 나에게 짐을 좀 덜고 싶다는 생각이라도 들었는지 앉아 있던 의자의 팔걸이를 붙들고 이야기를 시작했다.

"아시다시피 셜록이 막 탐정 일을 시작했을 때 저는 셜록과 같은 하숙집에 있었지요. 이제 저는 결혼을 해서 가정을 꾸린 터라 예전만큼 셜록을 자주 보진 못합니다. 하지만 지난여름부터 셜록이 어딘가 불안해하는 모습이 눈에 띄더니 지난 몇 달간은 확실히 심란해 보이더군요. 제대로 먹지도 못 하고 잠도 제대로 못 자는 것 같았습니다. 저는 친구로서만이 아니라 의사로서도 셜록이 걱정되기 시작했지요. 살도 빠지고 안색도 나빠지고, 우울감도 심해지고 짜증도 자주 내더군요."

'라고스틴 박사'를 위해 책상에 고개를 박고 이 모든 이야기를 부지런히 받아 적느라 왓슨 박사에게 실망스러운 표정을 들키지 않을 수 있어 다행이었다. 눈물이 고였다. 냉정하고 논리적이고, 그야말로 이성의 대명사인 우리 오빠가 이성을 잃었다고? 잘 먹지도, 자지도 못 한다? 오빠가 그런 수준의 감정을 느낄 수 있는지조차 나는 몰랐다. 그게 더더욱 나 때문일 리는 없었다.

왓슨 박사는 말을 이어갔다. "무슨 걱정이라도 있느냐, 몇 번이고 물어도 아무 일 없답니다. 어제는 제가 집요하게 물으니 평상시의 절제심도 잃고 버럭 화까지 내더군요. 워낙 의외의 반응이라 이제 저도 셜록이 싫어하든 말든 행동에 나서야겠단 생각이 들었습니다. 그래서 마이크로프트 홈즈 씨, 그러니까 셜록의 형을 찾아갔지요."

아이비 메월리라면 셜록 홈즈의 형에 대해 전혀 아는 바가 없을 것이다. 그래서 나는 왓슨 박사의 말을 끊었다. "'마이크로프트' 철자가요?"

"특이한 이름이죠." 왓슨 박사는 '마이크로프트' 이름 철자와 런던 집 주소를 알려준 후 이야기를 이어나갔다. "형님은 조금 주저하다 이내 말씀을 해주시더군요. 어머님이 행방불명 상태라고요. 게다가 여동생까지 흔적도 없이 사라졌다고 했습니다. 사실상 그 두 사람이 형제에게 유일한 가족인데 그런 두 사람이 사라져버린 거죠."

"끔찍하군요." 나는 눈을 내리깔고 중얼거렸다. 이제 는 울고 싶지 않았다. 대신 웃음이 나올 것 같았다. 정 말로 장남 마이크로프트 오라버니를 비웃어주고 싶 은 기분이었다. 나한테서 얌전떠는 숙녀를 기대하다니. 어쨌든 나는 이 상황에 대해 아는 바가 없는 '아이비 메쉴리'를 연기하는 중이니 적당히 안타까워하는 반응 을 보여야 하는데 쉽지가 않았다. "납치 가능성은요?"

왓슨 박사는 고개를 저었다. "인질을 대가로 한 요구 같은 건 아직 전혀 없었습니다. 그냥 집을 나간 거예요."

"충격적이네요." 아무것도 모르는 척할 수밖에 없었 다. "두 분이 같이 사라졌나요?"

"아니요! 따로따로였습니다. 어머님이 사라진 건 지 난여름이고, 그로부터 6주 후 기숙학교 입학을 앞두고 있던 여동생이 집을 나갔지요. 여동생은 혼자 떠났습 니다. 셜록이 그렇게나 걱정을 하는 것도 그 때문일 겁 니다. 여동생이 어머니와 함께 떠났다면 어머니의 결 정을 존중하든 않든 여동생이 안전한지 걱정할 필욘 없었겠죠. 하지만 이 여동생이 아직 많이 어린 데다 혼 자 런던까지 온 것 같단 말이죠."

"어리다고요?"

"겨우 열네 살이랍니다. 마이크로프트 형님 말로는 이 아이가 돈을 꽤 많이 들고 간 것 같다더군요. 셜록 생각도 마찬가지고요."

몸이 뻣뻣해지면서 한줄기 걱정이 밀려들었다. 그건 대체 어떻게 알았지?

"두 사람은 동생이 아마도 젊은 유한계급 신사로 변장하고 있는 게 아닐까 한다더군요."

어느 것도 사실이 아니기에 나는 마음을 놓았다. 남장처럼 연극에서나 나오는 그런 상투적인 수법은 절대 쓰고 싶지 않았다. 물론 내가 '아이비 메렬리'로만 변장하는 건 아니었지만 말이다.

"이런 상황인 만큼 여동생이 불온한 영향을 받을지도 모르지요." 왓슨 박사는 말했다. "어쩌면 불명예스러운 삶의 덫에 갇혀버렸는지도 모르고요."

불명예스러운 삶? 대체 무슨 소리를 하는 건진 모르겠지만 나는 의무감 있게 받아 적었다. "홈즈 형제분들께서 그렇게 생각하시는 이유가 있을까요?" 내가 물었다.

"어머님은 강경한 여성참정권 운동가셨거든요. 아, 지금도 물론 그렇죠. 여동생도 딱 봐서 그렇게 여성스러운 스타일은 아닙니다."

"그렇군요. 안타깝네요." 풍성하게 붙인 앞머리 너머

로 왓슨 박사를 올려다보며 나는 가짜 속눈썹을 펄럭대면서 살짝 색을 바른 입술로 웃어 보였다. 사실 귀족 계급같이 이렇게 누렇게 뜬 안색 대신 얼굴색을 보다 생기 있는 분홍빛으로 바꾸려고 '루즈'라는 불명예스러운 물질을 얼굴 전체에 바르기도 했다. "라고스틴 박사님께 보여드릴 만한 동생분 사진이 있을까요?"

"아니요. 어머니 사진도 없습니다. 둘 다 사진을 되도록 안 찍으려고 했던 것 같아요."

"왜요?"

왓슨 박사는 한숨을 쉬었다. 처음으로 그의 표정에서 다정함이 가셨다. "제 추측입니다만 아마도 여성적인 본능에 해당하는 것들은 전부 반대하려는 결단의 일환이었던 듯합니다."

"두 분 이름과 특징을 좀 알려주시겠어요?"

왓슨 박사는 엄마와 내 이름 철자를 불러주었다. 레이디 유도리아 버넷 홈즈, 그리고 미스 에놀라 홈즈(엄마는 나에게 기가 막힌 이름을 지어주셨다. 내 이름 '에놀라 Enola' 철자를 거꾸로 쓰면 'alone', 혼자라는 뜻이 된다).

왓슨 박사가 말을 이었다. "들은 바로는 둘 중 눈에 더 확 띄는 건 여동생 쪽인 것 같습니다. 키가 꽤 크고 마르고……."

어떻게든 살을 찌우려고 해봤지만 아직까진 성공하

지 못했다. 이게 다 검소하신 우리 주인집 아주머니가 내놓는 생선 대가리 수프와 양머리 스튜 덕분이다.

"……얼굴이 긴 편에 코와 턱선이 뚜렷한데, 아, 그러니까 약간 키케로 상입니다……."

셜록 오빠와 내가 닮았다는 걸 완벽하게 설명해주는 묘사다. 살을 좀 포동포동 찌우는 데에는 실패했지만 나는 입안으로 양쪽 볼에 하나씩 고무 장치를 끼고 있었다. 사실 이 고무 장치는 입밖으로 차마 꺼내지 못할 그런 다른 부분을 채우는 목적으로 만들어진 거긴 하다. 아무튼 이 고무 장치와 콧구멍 삽입기 덕분에 내 얼굴형은 상당히 달리 보였다.

"……그리고 체형은 여성스럽다기보다는 좀 앙상한 편에 가깝습니다." 왓슨 박사가 말했다. "대체로 남성스러운 복장에 톰보이 같은 활동을 즐기는 편이고, 걸음걸이도 남자 같습니다. 보폭도 길고요. 이런저런 특징을 종합해볼 때 이런 여성을 찾지 못한다, 그러면 아예 이 사회에선 찾을 수 없게 된 거라고 봐야겠지요."

"어머니는요?" 웃음이 터지기 전에 나는 서둘러 주제를 돌렸다.

"나이는 64세이신데 훨씬 더 젊어 보여요. 겉으로 봐서 눈에 띄는 구석은 없지만 심지가 굳고 고집이 센 편이십니다. 예술 쪽에 재능이 있으신데 안타깝게도 소위 여성의 권리라는 대의명분에 힘을 낭비하고 계시지요."

"아. 바지를 입고 싶어 하는 그런 분이신가요?"

내가 대놓고 여성권 운동을 폄하하듯 말하자 왓슨 박사는 미소를 지어 보였다. "비슷합니다. 소위 '합리적 복장'을 선호하는 분이시죠."

"이 레이디께서 어디 계시겠거니, 짐작이라도 가는 곳이 있을까요?"

"없습니다. 하지만 아까도 말씀드렸다시피 에놀라 홈 즈 양은 런던에 있는 것 같습니다."

나는 연필을 내려놓고 왓슨 박사를 똑바로 쳐다보았 다. "좋습니다, 왓슨 박사님. 라고스틴 박사님께 내용을 전달하겠습니다. 하지만 미리 말씀드리는데 라고스틴 박사님께서는 아마 이 사건을 안 맡으실 거예요." 나의 첫 번째 사건은 그야말로 해결할 수 없는 어려운 문제 였다. 나 자신을 찾는다? 절대 불가능한 일이었다.

"이유는 무엇인가요?"

나는 이미 답을 준비해뒀다. "라고스틴 박사님은 남 을 대신해 찾아오신 분들 사건은 맡기를 꺼려하세요. 왜 셜록 홈즈 씨께서 직접 찾아오지 않으셨냐고 물으 실 거예요……."

왓슨 박사는 약간 흥분한 듯했다. 그러나 내 반응 때 문은 아니었다. "왜냐하면 셜록은 너무나 내성적이고 게다가 오만하니까요. 저한테조차 자기의 어려운 상황을 털어놓지 않는데 낯선 사람에게 그런 이야기를 할 리가 없지 않겠습니까?"

"하지만 라고스틴 박사는 같은 일을 하는 사람이죠." 나는 부드럽게 말했다.

"그래서 더더욱 안 되는 거죠. 홈즈는 비슷한 일을 하는 사람이 있다면 더 부끄러워할……." 갑자기 왓슨 박사가 말을 멈추더니 물었다. "그러고 보니 궁금한 게 있는데, 이 라고스틴 박사라는 분은 대체 어떤 분이시죠? 죄송하지만 음……."

"메쉴리예요." '홈즈Holmes'를 두 음절로 나눈 후 순서를 바꾸고('Mes-hol') 발음 나는 대로 다시 쓰면 '메쉴리Meshle'가 된다. 엄청나게 간단하다. 그래도 왓슨 박사는 모르겠지. 아무도 모를 것이다.

"미스 메쉴리, 불편하게 생각하진 마세요. 하지만 주변에 아무리 물어봐도 라고스틴 박사라는 분을 아는 사람이 아무도 없더군요. 제가 박사를 찾아온 이유는 오로지 박사께서 실종된 사람을 찾는 게 주 장기라고 해서였습니다……."

"사람만이 아니라 실종된 것은 뭐든지 찾으시지요." 내가 끼어들었다.

"하지만 라고스틴 박사가 믿을 만한지 얘기해줄 사람

29

이 전혀 없더군요."

"친구분이신 셜록 홈즈 씨도 한때 그런 시절이 있으셨겠지만, 라고스틴 박사님은 이제 막 일을 시작하셨으니까요. 아직 유명세를 얻지 못하셨죠. 하지만 라고스틴 박사님은 홈즈 씨의 일거수일투족을 다 배우고 싶어 하신답니다."

"그렇습니까?" 왓슨 박사는 좀 진정한 듯 보였다.

"네. 라고스틴 박사님께 홈즈 씨는 거의 우상이세요. 홈즈 씨 같은 분이 자기 어머니와 동생을 찾지 못하고 계시단 걸 알게 되면 라고스틴 박사님이 가장 놀라실걸요."

갑자기 자세가 불편해지기라도 한 듯 왓슨 박사는 자리를 당겨 앉으며 목소리를 가다듬었다. "제 생각에," 그는 천천히 말했다. "그건 셜록이 대체로 그런 사건들에 관심이 별로 없기 때문일 수도 있을 것 같습니다. 그런 실종 사건은 흔하디흔하고 별달리 새로울 것도 없다고 보고 어지간해서 그런 사건들은 잘 살피지 않으니까요. 마침 어제만 해도," 왓슨이 덧붙여 말했다. "셜록을 만나러 갔을 때 유스타스 알리스테어 경과 레이디 알리스테어 부부가 딸의 행방을 찾아달라고 부탁하러 오셨더군요. 셜록은 귓가의 벼룩 한 마리처럼 불편한 소리만 골라 하면서 그분들을 돌려보냈고요."

듣는 귀는 넷인데 '귓가의 벼룩 한 마리'라는 표현이
논리적으로 말이 안 된다고 따지진 않았다. 내 관심은
오로지 다른 부분에 쏠려 있었다. "유스타스 알리스테
어 경이요? 따님이 실종됐다고요? 신문에 그런 보도는
전혀 없던데요……."

왓슨 박사는 손으로 입을 틀어막더니 헛기침을 했
다. "행여 모를 스캔들을 조심하는 차원에서 쉬쉬하고
있지요."

그렇다면 알리스테어 경 부부는 딸이 사랑의 도주를
했을지도 모른다고 생각하고 있다.

이 사건을 풀어야겠다. 왓슨 박사가 더 구체적인 이
야기를 해주진 않을 것이다. 이미 안 할 말까지 다 했
다고 생각할 테니까. 그래도 어쨌거나 왓슨 박사는 나
에게 첫 번째 사건을 가져다주었다. 내가 행방불명된
준남작의 딸을 찾아내겠다.

왓슨 박사는 우울한 표정으로 자리에서 일어났다.
우리 대화는 끝났다. 종을 울려 조디를 부른 후 왓슨
박사께 나가시는 길을 안내하도록 했다.

"사건을 맡으신다면 본격 수사에 나서시기 전에 라고
스틴 박사를 직접 한번 뵀으면 하는데요." 왓슨 박사
가 말했다.

"그럼요. 박사님 댁 주소가요? 라고스틴 박사님께서

31

검토하시자마자 연락을 드릴 겁니다." 나는 거짓말을
했다.

주소를 받아 적은 후 나는 일어서서 왓슨 박사가 떠
나는 것을 지켜보았다.

그리고 그가 방을 나서자마자 나는 왓슨 박사가 앉
아 있던 의자로 자리를 옮겼다. 불가로 더 가까이 왔건
만 정작 나는 이제 떨고 있었다.

2장

두려웠다.

내가 좋아하는 셜록 오빠가 두려웠다.

오빠는 나에게 영웅이었다. 동시에 적이었다. 나는 거의 신앙 수준으로 오빠를 존경한다. 하지만 오빠가 날 찾아낸다면 나는 영원히 자유를 잃게 된다.

그렇다고는 해도…… 오빠가 나 때문에 힘들어한다고?

그러니까 내가 오빠의 자존심을 상하게 한 것이다.

하지만 뭘 어떻게 하지? 난 잘 지낸다고 조금의 힌트라도 주면 셜록 오빠는 어떻게든 그걸 이용해 날 잡으려 들 것이다.

엄마 생각도 해야 했다. 엄마가 그 모든 격식과 여성에게 씌워진 굴레를 벗어나 자유와 행복을 누리며 살

날이 앞으로 얼마나 남았겠는가? 자존심은 남자들만 누리는 건가?

마이크로프트 오빠에 대해서는 별생각 없었다. 큰오빠가 자존심에 상처를 입든 말든 내 알 바 아니었다. 셜록 오빠만큼 똑똑하긴 해도 그 두뇌를 빼면 큰오빠는 간밤에 먹다 남긴 감자요리처럼 차갑고 맛없는 사람이었다. 나를 찾아볼 정도로 큰오빠가 나한테 관심이 있진 않다.

하지만 다른 가능성도 또 하나 있었다. 큰오빠는 왓슨 박사한테 왜 굳이 내 이야기를 했을까?

그게 다 거짓말이었다면? 왓슨 박사가 날 찾아온 게 계략이고 셜록 오빠가 직접 친구를 보내 나를 염탐하려고 한 거라면?

터무니없는 생각이다. 오빠가 여길 알 리는…….

하지만 오빠는 내가 돈을 갖고 있단 걸 알고 있다. 오빠가 알 리가 없는데도 안다. 어쩌면 오빠는 라고스틴 박사가 일명 '에스트럴 퍼디토리언'의 사무실을 넘겨받았단 사실을 눈치챘을지도 모른다. 그 '에스트럴 퍼디토리언'을 감옥에 보내는 데 일조한 사람이 바로 나, 에놀라 홈즈였다.

셜록 오빠가 이 연관성을 알아챘다면?

한참을 생각한 끝에 결국 그럴 가능성은 희박하다는

결론을 내렸다. 차라리 이 '사이언티픽 퍼디토리언'이란 탐정이 자기 경쟁상대가 될 수 있을지 호기심이 생긴 셜록 오빠가 왓슨 박사를 보내 염탐하려고 했다는 쪽이 더 신빙성 있었다.

그렇다면 셜록 오빠가 힘들어한다는 건 사실이 아닐지도 모르지.

하지만 왓슨 박사는 진심으로 걱정하고 있었다. 그 걱정의 눈빛을 내가 분명 봤다.

제길, 내가 이걸 뭐 어떻게 알겠어. 무려 가족이 관련된 일인데. 강신론자 공중부양의 비밀을 푸는 게 차라리 나한텐 더 쉽겠다.

엄마와 이야기하고 싶다. 하지만 엄마가 갑자기 사라졌던 7월 운명의 그날 이후 나는 엄마를 보지 못했다. 엄마가 어딨는지 사실 정확히 알지도 못했다. 엄마하고는 (『타임즈』보다는 진보적이면서도 여전히 지적인, 엄마가 가장 좋아하는 신문인) 『팰맬 가제트』, 『현대 여성 잡지』, 『개인권 저널』 등을 비롯해 다른 간행물 몇 가지의 개인 광고면에 암호화된 메시지를 보내는 식으로만 연락을 이어왔다. 이를테면, 나는 엄마가 집시들과 함께 떠돌이 생활을 하고 있다고 생각하고 이런 메시지를 실었다.

My Chrysanthemum: The fourth letter of true love, the fourth letter of purity, the first letter of thoughts, the fourth letter of innocence, the first letter of fidelity, the third or fourth letter of departure, and the first letter of the same. Correct? Ivy

나의 국화여: 진정한 사랑의 4번째 글자, 순수함의 4번째 글자, 사고의 1번째 글자, 순수함의 4번째 글자, 신의의 1번째 글자, 출발의 3번째 혹은 4번째 글자, 그리고 출발의 1번째 글자. 맞나요? 아이비가.

'국화'는 '엄마'를 가리키는 암호고, 메시지는 그냥 별거 없이 엄마가 나한테 준 『꽃말』이란 책에서 보고 가져다 쓴 게 다다. 꽃으로 인사를 나누는 사람들 사이에서 이런 상징은 일반 상식이었다. 내 메시지를 군이 설명하자면, 꽃말로 만든 꽃다발이라고 할까. 아무튼 해독을 해보면 '진정한 사랑'은 물망초, '순수함'은 백합을 뜻했고 나머지는 각각 팬지, 데이지, 담쟁이덩굴, 스위트피, 그리고 한 번 더 스위트피를 의미했다. 물망초 forget-me-not의 4번째 글자는 g, 백합lily의 4번째 글자는 y, 이런 식으로 집시들gypsies이라고 쓴 것이다.

일주일도 안 돼 엄마가 비슷한 꽃 암호로 답장을 해왔다. "그래. 너는 어디니?"

나도 그런 식으로 대답을 보냈다. "런던이요."

우리 사이의 연락은 그 정도가 다였다. 엄마가 정말 보고 싶었지만 엄마를 향한 복잡한 감정이 아직 진정되지 않아서 망설여졌다.

물론 그런 감정만이 다는 아니었다. 그래서 엄마를 당장은 직접 만나기보다 일단 기억 속에 묻어두기로 했다.

하지만 이제 셜록 오빠 때문에 불안해져서…… 엄마를 만나는 건 나중으로 미루겠다던 결심은 잠시 접어두기로 했다.

엄마와 이야기를 하고 싶었다. 아니 해야 했다.

하지만 엄마와 연락하려면 아주 조심해야 한다.

일단 조디나 다른 하인들의 보는 눈이 없는 집에 갈 때까지 기다렸다.

라고스틴 박사의 사무실이 있는 고딕 양식 건물 위층을 거처로 삼았다면 훨씬 편했을 테지만 조심하는 차원에서 그러진 않았다. 대신 '라고스틴 박사'가 그 위층 방들에 자유분방한 예술가 타입 세입자들을 들였고 (그 덕에 나는 재정 관리를 할 수 있었다) 내가 살 집으로는 오빠가 절대 나를 찾으러 올 법하지 않은 이스트엔드에 아주 소박한 방을 하나 얻었다. 오빠라면 여동생이 그런 위험한 동네에 방을 얻는 모험을 하리라곤 생각하지 않을 것이다. 더러운 다세대 주택들 사이에 있는, 곧 쓰러질 것 같은 이 낡은 집에 하숙생이라곤 나뿐이었다. 터퍼 부인은 청력에 문제가 있어서 그녀에게 말을 할 때는 귀에 확성기를 가져다 대고 소리를 쳐야 했다. 때문에 오히려 나한테 질문을 거의 하지 않을 테니 오히려 다행이었다. 하인이라면 매일 와서 이것저것 다 하는 어린 여자애 한 명인데 나는 전혀 볼 일이 없었다. 여러모로 내가 숨어 지내기 완벽한 곳이었다.

그래서 나는 저녁까지 기다렸다. 그러고는 아무도 보는 눈 없는 소박한 내 방에서, 아이비 메쉴리가 입고 다니는 코르셋이며 가슴 보정기구, 프릴 장식, 가발, 얼굴 삽입기 전부 다 벗고, 떼고 편안한 가운 차림으로 불가에 앉았다. 차가운 외풍을 피하려고 발은 무릎베개 위에 올렸다.

촛불을 옆으로 갖다놓고 엄마에게 보낼 암호 메시지를 본격적으로 준비했다.

DOGWOOD FOUR IRIS TWICE THREE VIOLET
AND APPLE BLOSSOM HOW MANY?

층층나무 넷 아이리스 두셋 제비꽃

그리고 사과꽃 몇 개?

이번에는 먼저 보냈던 메시지들보다 더 복잡하게 만들려고 했다. 나한테 돈이 있단 걸 셜록 오빠가 어떻게 알았을까? 그 점이 가장 걱정스러웠다. 그 정도까지 알고 있다면 오빠는 그럼 엄마와 내가 『펠맬 가제트』 상담 코너를 이용해 주고받은 암호 메시지를 어떻게든 해독해내서 우리가 연락을 주고받고 있단 걸 알아챘을까?

써놓은 문장을 이제 세 자씩 나눴다.

DOG WOO DFO URI RIS TWI CET HRE EVI OLE
TAN DAP PLE BLO SSO MHO WMA NY?

조심하는 차원에서 담쟁이덩굴은 넣지 않았지만 그래도 꽃을 이용한 암호인 만큼 이게 내가 보내는 메시지란 걸 엄마가 알아차리길 바랐다. 붓꽃Iris은 소식을 뜻했다.

붓꽃은 동시에 위쪽으로 세 개의 커다란 꽃잎이 있고 아래쪽으로 또 세 개의 꽃잎이 있는 독특한 꽃이었다. 암호가 바뀐 걸 엄마가 알아차려야 할 텐데. 층층나무 꽃도 독특한 게 꽃잎이 네 개이고, 제비꽃과 사과꽃은 둘 다 꽃잎이 다섯 개씩이었다.

제비꽃은 신뢰라는 의미가 있어 골랐다. 사과꽃을 고른 건 어렸을 때 엄마가 사과를 가로로 잘라 별처럼

다섯 개의 뾰족한 끝이 있는 씨 부분을 보여주면서 꽃
잎 다섯 개가 어떻게 사과씨와 사과가 되는지 설명해
준 적이 있어서였다.

문장을 세 자씩 쪼갠 다음에는 다시 거꾸로 썼다.

NY? WMA MHO SSO BLO PLE DAP TAN OLE EVI
HRE CET TWI RIS URI DFO WOO DOG

가만히 들여다보니 물음표가 거슬렸다. 저게 있으면
암호가 너무 쉽게 풀릴 것 같았다. 나는 물음표를 엄마
가 '무효'라고 생각할 만한 글자로 바꾸었다.

NYX WMA MHO SSO BLO PLE DAP TAN OLE
EVI HRE CET TWI RIS URI DFO WOO DOG

됐다. 나를 당혹스럽게 만들었던 첫 번째 암호와 그렇
게 다르진 않아서 엄마가 이 암호를 쉽게 푸는 모습이
상상됐다. 그러나 이건 단순히 엄마가 숫자 5를 생각해
내도록 하기 위한 준비단계에 불과했다.

나는 엄마가 알파벳을 다섯 글자씩 나누는 암호의
법칙을 파악하길 바랐다.

ABCDE

FGHIJ

KLMNO

PQRST

UVWXYZ

그러면 각각 알파벳 다섯 개씩의 묶음이 된다. 마지막
묶음은 여섯 자이지만 Z는 잘 안 쓰이니까 Y와 함께
묶으면 된다.

그런 다음 나는 엄마에게 진짜 하고 싶은 말을 적었
다. LONDON BRIDGE FALLING DOWN URGENT
MUST TALK(런던 브리지 폴링 다운 급해요 만나고 싶어
요). 그리고 이렇게 암호문을 만들었다.

L은 3번째 알파벳 그룹, 알파벳 열에 속했다. 그리고
그 열에서 2번째 글자다. 그러니까 32가 된다. O는 3열
의 5번째 글자니까 35다.

이런 식으로 나는 암호화를 진행했다.

323534143534 124324142215 2444

21113232243432 14355334 514322153445

33514445 45113231

숫자를 다 띄어쓰기를 하지 않고 엄마가 직접 암호를 해독해서 파악하게 하려다 그냥 띄어쓰기를 했다. 숫자만으로 암호를 푸는 게 쉽지는 않을 테지만(2열 3번째 글자라든가 3열 2번째 글자라든가) '런던 브리지'가 왜 나왔는지만 알면 문제가 어디 있는지도 알고 내가 어디서 만나자고 하는지도 엄마는 알 거다.

그래서 만들어진 암호 메시지가 이거다.

NYX WMA MHO SSO BLO PLE DAP TAN OLE
EVI HRE CET TWI RIS URI DFO WOO DOG
323534143534 124324142215 2444
21113232243432 14355334 514322153445
33514445 45113231

여러 간행물에 실어야 하니 이 메시지를 나는 몇 번이고 베껴 썼고, 정확하게 썼는지 쓸 때마다 세 번씩 확인을 한 후에 종이 양끝을 잡고 반으로 접어 겹치는 가장자리에 왁스를 발라 붙였다. 딱히 특별한 실링 왁스가 없어 그냥 평범한 흰 왁스를 썼다. 아무 글씨도 없는 흰 부분에 주소를 적은 후 나는 이것들을 한쪽에 모아 두었다.

내일 이걸 들고 플리트 스트리트에 가야지. 그럼 이

제 엄마한테 답장이 오는 일만 남았다.

기다리는 게 제일 싫은데.

유스타스 알리스테어 경의 딸 일도 일단은 미뤄둬야 했다. 이 사건을 추적하는 건 내일이 돼야 할 수 있다.

잠자리에 들기 전 할 일이 있다.

난롯가의 안락한 자리에서 일어나 옷을 챙겨 입기 시작했다. 그렇다, 다시 입었다. 하지만 이번엔 다른 차림이다. 여성스러운 속옷 대신 손목부터 발목까지 추위를 막아줄 플란넬 속옷을 입었다. 그런 다음 공격을 받았을 때 내 목숨을 구해줬던, 칼을 넣고 다닐 수 있는 오래된 코르셋을 입었다.

코르셋을 그리 단단히 조여매진 않았다. 허영 때문에 입는 게 아니라 방어 목적으로 입는 거니까. 무장 차원이기도 하고. 원래 부지깽이만큼 단단한 코르셋 전면의 쇠로 된 지지대가 있던 자리에 나는 대신 빳빳하게 풀 먹인 리넨 안으로 12센티미터쯤 되는 단검을 싸서 넣었다. 면도칼처럼 날카로운 이 양날의 검은 겉옷을 입어도 가슴께에 옆을 터놓은 부분이 있어 꺼낼 수 있었다. 겉옷은 아주 심플한 검정 원피스인데 수녀복처럼 보이기를 기대하면서 내가 손바느질로 만든 옷이다. 누가 날 죽이려고 달려들 것을 대비해 고래수염이 든 목 칼라를 조였다. 검은색 부츠 안에는 두꺼운

43

양말을 신었다. 마지막으로 검은 두건과 얼굴을 가릴
수 있는 베일을 썼다.

이게 내 밤마실 복장이었다.

3장

방에서 스르륵 조용히 빠져나왔다. 터퍼 부인은 평소처럼 일찍 잠자리에 들었고, 설사 깨어 있다 해도 귀어두운 이 할머니가 이렇게 조심스러운 내 발소리를 들을 리는 만무했다. 수녀복은 늘 침대에 숨겨뒀기 때문에 제2의 인물, 그러니까 야밤에 활동하는 마른 몸의 '자선의 수녀'가 상냥한 비서 미스 메월리와 함께 자신의 집에서 함께 하숙을 살고 있다는 사실을 터퍼 부인은 절대 모를 것이다.

곧 쓰러져가는 집구석에는 가스등 하나 없어 어두운 계단을 더듬으며 나갔다. 어둠 속을 더듬어 열쇠 구멍을 찾아서 문을 열고 나온 후 다시 밖에서 열쇠로 문을 잠그고 야간순찰대가 행여라도 내가 여기 사는 걸 볼까봐 잽싸게 걸어갔다.

별생각 없이 지난밤과는 다른 길로 들어선 나는 가로등 하나 제대로 없는 어둡고 좁은 거리를 걸어갔다. 부자 동네의 횃불이나 마차등, 진짜 부자 동네의 신식 전기등 같은 것이 이스트엔드엔 없었다. 여기선 다 죽어가는 희미한 불빛이 시커먼 먼지 바다 위를 떠다녔다. 아니, 그 바다에 침잠해 있었다. 런던이란 도시는 예의 그 질식할 것 같은 자기만의 방식으로 추위 속에 이렇게 웅크리고 있었다. 자정의 추위에는 굴뚝에서 나오는 그을음, 석탄과 나무 태우는 연기, 템스강에서 스며 나오는 축축한 병균이 뒤섞여 있었다. 얼음보다 차갑지만 얼어붙진 않는 안개에 옷가지를 적시고 나자 추위가 뼛속까지 으슬으슬 스며드는 것 같은 느낌이었다. 이토록 뼈를 저미는 날씨 때문에 다들 추위를 피할 곳을 찾아 실내로 들어갔다. 심지어 공동하숙소 계단에도 부랑자들이 몸을 뉘고 있었다. 불을 피울 만한 땔감도 없어 마구간 뒤편 오물더미에서 지푸라기를 훔쳐와 불을 지핀 가난한 사람들은 어쩌면 내일 아침까지 무사하지 못할지도 모른다.

46   집에서 충분히 멀어졌다는 생각이 들어 이제 어느 집들 사이 어두운 틈으로 들어가 들고 온 기름 램프에 불을 붙였다. 추위에 손가락이 다 굳어서 성냥불도 제대로 붙이기 힘들었다.

출신도 나쁘지 않은 숙녀가 왜 굳이 이런 데로 외출을 나오는지 의아해할지도 모르겠다. 나 스스로도 내가 왜 밤중에 이렇게 돌아다닐 생각을 하게 됐는지 모르겠다. 어쩌면 나는 뭔가 좀 집요한 구석도 있고 항상 탐구하거나 모험을 하거나 뭔가를 추구하고 찾는 데에 끌리는 것 같기도 하다. 뭐든 찾아내는 거다. 물건도 찾고, 사람도 찾고. 오늘은 이 밤을 무사히 나기 위해 도움이 필요한 사람들을 찾을 거다.

입고 있는 옷이며 겉에 걸친 무거운 모직 망토 안에는 깊은 주머니를 여러 개 달아놓아 혹시 필요할지 모를 물건들을 이것저것 들고 다닌다. 몽당 양초, 성냥, 동전, 따뜻한 뜨개 양말, 모자와 장갑, 사과, 비스킷, 브랜디 등등. 한 손에는 집에서 만든 담요를 들었고, 다른 한 손에는 램프를 들었다.

안감이 털로 된 검은색 장갑을 낀 손으로 나는 램프를 높이 들고 뒷길이나 골목 사이사이를 찾기 시작했다. 어디 위험의 흔적이 보이진 않는지, 다투는 소리나 성난 목소리가 들리진 않는지, 혹은 누군가의 비명이라든가 내 뒤를 쫓는 발소리 같은 게 들리진 않는지 말이다.

혹은 누군가 우는 소리가 들리진 않는지도.

이내 소리가 들렸다.

낮고 조용한 흐느낌이었다. 마치 이제 다 포기했고 그냥 숨을 쉬기 위해 흐느끼는 것 같은 그런 울음이었다. 거무스름한 안개에 가려 램프 등불이 있어도 발 바로 아래 도로에 박힌 돌 몇 개 겨우 비추는 정도인지라 막연히 슬픔의 소리를 따라가다 보니 나이가 좀 들어 보이는 여자가 문 앞에 쭈그리고 앉아 머리와 어깨 정도 겨우 두를 수 있는 숄 하나로 추위를 버티고 있었다.

내 발소리가 들리자 여자는 처음엔 겁을 먹고 손으로 입을 틀어막으며 울음소리를 내지 않으려고 하다가 이내 다시 소리 내어 흐느꼈다. 날 알아보고 터진 안도의 울음이었다. 이제는 이런 무리 중에 날 아는 사람들이 꽤 생겼다. "수녀님, 거리의 수녀님." 여인은 속삭이며 가느다란 팔 하나를 내 쪽으로 더듬더듬 뻗었다.

절대 말이 없는 이 수녀는 이번에도 아무 말 없이 여자에게 불쑥 다가갔다. 마치 비쩍 마르고 커다란 검은 암탉이 병아리에게 달려들듯 다가가 들고 간 담요로 여자를 감쌌다. 담요는 엉성했다. 질 좋은 담요를 만들어줘봤자 누군가 훔쳐가버리기 일쑤니 정작 그 담요가 필요한 이들이 못 쓰게 될 게 뻔하여 나는 주로 낡은 옷가지를 조각조각 모아 담요를 만들었다.

여자의 얼굴 가까이 등불을 비춰보니 어쩌면 실은 나이가 많은 게 아니라 그냥 힘들어서 얼굴이 상한 것이거나, 뼈만 앙상하게 남은 몸은 구루병과 굶주림 때문일지도 몰랐다. 미망인이거나 그냥 홀몸인 여잔데 공동하숙소 들어갈 8펜스가 없어서 이러고 있는 걸까? 아니면 술 취한 남편의 구타를 피해 밤중에 이렇게 나올 수밖에 없었나? 사정이야 알 길이 없었지만 어쨌거나 나는 여자의 맨발에 두꺼운 뜨개 양말을 신긴 후 내가 직접 만든 깡통을 꺼냈다. 나름 꽤 큰 이 깡통 안에 나는 종이뭉치를 가득 넣고 그 위에 파라핀을 부었다. 휴대용 난로랄까 하여간 이 깡통 위에 불붙인 성냥을 놓은 후 깡통을 여자의 옆에 두었다. 깡통에서는 촛불이라기보다 그보다 한참 큰 불이 활활 타오르며 그럭저럭 온기를 만들어냈다. 끽해야 한 시간쯤 가겠지만 그 한 시간만으로도 몸을 좀 데울 수 있을 것이다.

그리고 그렇게 눈에 띄지도 않아서 굳이 반갑지 않은 다른 사람들이 몰려들진 않을 것이다. 내 바람은 그랬다.

나는 여자에게 사과 한 개와 비스킷, 그리고 노점 말고 제대로 된 가게에서 산 미트파이를 주었다. 거기서 산 거라면 미트파이에 넣는 고기에 개나 고양이 고기를 섞진 않았을 것이다.

"정말 감사합니다, 수녀님." 여자는 울음을 멈출 수가 없는 듯 보였지만 아마도 내가 떠나고 나면 그땐 울

49

음을 멈추겠지. 얼른 여자 손에 몇 실링 쥐여주고 나는 돌아섰다. 며칠 묵을 곳을 구하고 먹을 것을 살 정도는 되지만 또 누구한테 목숨을 위협받을 만큼 큰 금액은 아니었다. 이 이상 더 내가 해줄 수 있는 일은 없단 걸 여자도 이해해주길 바랐다.

"거리의 수녀님께 신의 가호가 있기를!" 여자는 내 등에 대고 소리쳤다.

여자의 감사를 받으니 오히려 내가 사기꾼이면서 조롱받아 마땅한 사람, 혹은 자격 미달인 사람이 된 기분이었다. 이 여자와 같은 처지의 사람들이 너무나 많은데 내가 그 사람들을 일일이 다 찾아서 도와줄 수 없으니 말이다.

발걸음을 옮기는데 몸이 덜덜 떨렸다. 추위 때문에, 또 무서움 때문에. 나는 청각을 곤두세웠다.

옆 거리에서 술 취한 사람들이 노래를 부르고 고함을 치는 소리가 희미하게 들려왔다. 아직도 문을 연 술집이 있나? 어떻게 그게 가능한 건가 싶었다. 분명 정부가…….

잠깐 딴 데 정신을 팔다 등 뒤에서 기척을 느꼈을 땐 이미 늦은 뒤였다.

나직한 소리가 들렸다. 얼어붙은 진흙과 부서진 돌이 밟히며 나는 소리일까? 어쩌면 악당의 거친 숨결인지도 모른다. 헉. 깜짝 놀라 입을 열려고 하는 순간, 뒤를 돌아보려고 하는 그 순간, 무언가 내 목을 죄어왔다.

정체 모를 무언가가 등 뒤에서 내 목을 졸랐다.

공포를 느낄 만큼 강력했다.

조르는 힘은 점점 더 강해졌다.

사람 손은 아니었다. 뭔가 가느다랗고 구불구불한 것이 내 목을 죄고 있었다. 생각이란 걸 할 수도 없었고 품속의 단검에 손을 뻗을 새도 없었다. 내 목을 고문하고 있는 저 정체 모를 것으로부터 벗어나기 위해 두 팔을 허우적거려봤지만 애꿎게 램프만 떨어뜨렸다. 서서히 숨이 막혀왔다. 고통스러움에 몸부림을 쳤지만 입에서는 소리 없는 비명만 흘러나왔다. 눈앞이 점점 캄캄해지기 시작했다. 죽음이 닥치고 있었다.

서서히 어둠 속의 불빛을 느낀 것이 다음 기억인 듯싶다. 하지만 그 빛이 안전하다는 느낌을 주지는 않았다. 주황색 불빛이 사악하게 춤추고 있었다. 눈을 깜박여 정신을 차리자 거칠고 차가운 바닥이 느껴졌고 내가 불 바로 옆에 누워 있다는 걸 깨달았다. 부서진 내 램프에서는 기름이 새며 불길이 활활 타고 있었다. 하염없이 활활 타오르는 불길 속에서 서너 명의 남자들이 나를 내려다보고 있었다. 다만 기억이 정확하진 않다.

어둠과 안개 속의 혼란스럽고 고통스러운 상태에서 베일까지 쓰고 있어 기억은 흐릿했다. 술 취한 그들의 목소리만큼이나 흐릿했다.

"죽었어?"

"어떤 비열한 놈이 수녀님 목을 조른대?"

"반종교적인 무정부주의자 외국인인지도 모르지."

"누군지 본 사람 있어?"

"숨은 쉬나?"

그중 한 명이 내 쪽으로 몸을 굽히며 베일을 들어올렸다.

내가 그 손을 쳐내기 전에 아마 그 남자는 내 얼굴을 꽤 오래 들여다본 것 같다. 부적절한 그런 행동 때문에 놀라서 깨어나기 전 난 기절해 있었다. 아니, 내가 여느 숙녀들같이 쓰러져 기절해 있었다고 하긴 좀 어폐가 있다. 목이 졸려 반죽음이 된 사람한테 쓰러져 기절했다 정도로 말할 순 없는 거다.

어쨌거나 눈을 깜박이면서 정신을 차리기까지는 시간이 좀 걸렸고 기억나는 건 확실치가 않다. 아마 베일을 들어올린 남자를 쳐내고 다시 베일을 잡아당긴 다음 굴러서 불가를 벗어나 일어섰던 것 같다.

"아가씨, 뭘 그리 서둘러요?"

"어이, 진정해요."

"조심하십쇼, 수녀님. 그러다 넘어져요."

그들은 나에게 손을 내밀었다. 나야 사정이 있어 휘청이는 거지만 저들은 휘청일 정도로 술에 취한 거였다. 나는 그들이 내미는 도움의 손길을 거절하고 도망쳤다.

전쟁 상황에 빗대면 나는 그야말로 혼란 속에 후퇴했다. 무기도 채 꺼내지 못했다. 눈물은 나지 않았지만 두려움에 흐느꼈다. 실제로 내가 어떻게 집까지 돌아왔는지도 모르겠다. 어쨌든 무사히 내 방으로 돌아오긴 했다. 나는 떨면서 방 안의 기름 램프며 초에 모조리 불을 붙이곤 난로에도 나무 땔감과 석탄을 마구잡이로 집어던지며 사치스럽게 불을 피웠다. 밝고 따뜻하다고 느껴질 때까지.

팔걸이의자에 털썩 주저앉아 가쁜 숨을 가라앉히려 노력했지만 숨을 쉴 때마다 목이 아팠다. 입을 다물고 나는 이 수모와 고통을 삼키고 또 삼켰다.

불을 아무리 때도 추웠다. 그냥 밤이라서 추운 게 아니라 영혼의 뼛속까지 추웠다. 잠자리에 들어야 했다. 휘청거리며 일어서서 나는 떨리는 손가락으로 하이칼라 단추를 풀기 시작했다.

뭔가 내 목에 아직 걸려 있었다.

낯선 것이었다. 길고 부드럽고 자유자재로 움직이는

게 꼭 뱀이 매달려 있는 것 같았다. 상처난 목이 아팠지만 나는 울면서 그 물건을 긁어내다시피 때어냈다. 물건이 바닥에 떨어졌다.

난로 앞 깔개에 툭 떨어졌다.

목 조르는 도구였다.

줄을 써서 만든다는 얘긴 들었지만, 이건 나뭇조각에 부드러운 흰 끈이 달렸다거나 하는 식으로 만들어진 게 아니었다.

매듭에 갈색 머리카락 한 뭉치가 걸려 있었다. 내 머리카락이었다. 목을 조른 그자가 흉기로 목을 더 꽉 조이면서 내 고개를 홱 비튼 탓이었다.

잠시 휘청하며 나는 눈을 감았다. 그리고 고래수염으로 만든 이 뻣뻣한 하이칼라 덕분에 목숨을 건졌단 사실을 깨달았다. 런던 경찰들도 마찬가지 이유로 하이칼라가 붙은 상의를 입었다. 그렇게 단순한 도구가 이처럼 큰 도시를, 심지어 경찰을 공포에 빠뜨릴 수 있다는 게 얼마나 놀랍고 또 무서운 일인가.

그 어떤 용기나 재치도 발휘하지 못했다는 게 나는 두렵기도 하고 또 부끄럽기도 했다. 내 무기는 다 잊고 허둥지둥 바보처럼 발로 차고 손톱으로 긁고, 여느 다른 여성들과 다를 바가 없었다. 칼라가 있었든 없었든 그 취객들이 아니었다면 나는 죽은 목숨이었을 것이다.

그래, 아마 범인은 그 취객들 때문에 내 목을 조르다 말았을 것이다. 그렇지 않고서야 이렇게 소중한 자신의 범행도구를 내 목에 걸어두고 갔을 리가 없다.

몸서리치며 나는 다시 눈을 뜨고 그 끔찍한 도구를 살펴보기로 했다.

정말이지 잘 만들어진 도구였다. 나무 손잡이는 광택 처리한 등나무 재질로 아마도 신사의 지팡이를 떼다 만든 것 같았다. 거리의 강도가 갖고 있을 법한 그런 소재의 것은 아니었다. 그리고 끈은……

끈은 스테이 레이스였다.

그러니까 다시 말해서 여성용 코르셋 끈이란 말이다.

갑자기 토할 것 같은 기분과 함께 한줄기 분노가 일었다. 그 무례하고 불온한 물건을 나는 불 속에 던져버렸다.

4장

이틀 동안 나는 침대를 떠나지 않았고 터퍼 부인과는 수신호로 의사소통을 했다. 목이 아파서 말을 거의 할 수 없었다. 이맘때야 이런 목감기가 흔하니 터퍼 부인은 분명 별일 아니라고 생각할 것이다. 잠옷으로 입는 가운은 목 부분에 러플이 높이 달려 있어서 멍든 자국을 감춰주었다.

그러나 멍들고 구겨진 이 기분만은 나아지질 않았다. 어릴 땐 자전거며 말이며 나무에서도 떨어지는 일이 부지기수였으니, 뭐 물리적인 고통이야 익숙했지만 그렇게 다른 사람이 나를 공격했단 사실에는 익숙하지가 않았다. 터퍼 부인이 만들어준 수프와 젤리를 못 먹는 게 꼭 목이 아파서 때문은 아니었다. 그 일에 개입된 악의 때문에 아팠다.

악의적이고 부당한 행동이었다. 아니, 부당함 정도로는 표현이 전달이 안 된다. 뭐랄까, 말로 감히 표현할 수 없는 그런 악마 같은 짓이었다.

그 코르셋 끈이 신경 쓰였다.

대체 어떤 인간이길래 학교에서 매로 쓸 법한 지팡이와 코르셋으로 만든 무기를 가지고 여자들을 공격하는 거지? 코르셋이라니, 사회의 장식품이 되기 위해 우스꽝스러운 드레스를 입으려고 몸을 졸라매다 여차하면 기절하거나 상처를 입을 수도 있는, 어쩌면 죽을 수도 있는 그런 속옷 아닌가. 내가 오빠들을 피해 집을 나온 주요한 이유 중 하나도 결국 그 코르셋을 조이는 게 싫어서였다. 소위 기숙학교라는 곳에서 매를 맞거나 내 허리둘레를 절반으로 만들도록 내버려두지 않겠다는 신념으로 집을 나왔는데 이제 누군가가, 다른 것도 아니고 바로 그 코르셋 끈을, 그것도 내 목에 둘렀다.

왜? 나한테서 뭘 훔쳐가려고?

그리고 왜 그다지도 이상하고 불편한 도구를 썼을까?

내 목을 조른 게 남자이긴 한 걸까? 혹시 미친 여자였을 수도 있나?

답을 알 수 없는 질문들이었다.

사흘이 지나자 말을 조금 할 수 있게 돼 라고스틴 박사의 사무소로 출근했다. 결근한 며칠 동안 신문이 쌓여 있어 나는 편안히 밀린 신문을 읽었다. 물론 정신적 평화는 아직 되찾지 못했다.

여기저기 엄마에게 보내는 메시지를 실은 탓에 신문에서 내가 보낸 메시지는 찾아볼 수 있었지만 엄마는 아직 답이 없었다.

물론 답장을 기대하긴 아직 너무 일렀다. 그래도 찾아보지 않을 수가 없었다. 나는 엄마와……

이건 아니다. 스스로 어린애 취급하면서 엄마를 필요로 해선 안 된다. 엄마가 같이 있었다면 뭐라고 하셨을까? 뻔했다. "넌 혼자서 아주 잘 해낼 거야, 에놀라."

늘 내가 칭찬으로 받아들이던 말이었다.

그러나 오늘은, 목 안에 멍울이 지면서 상태가 더 악화돼 고통스러운 오늘만큼은 갑자기 무언가 저릿한 감정이 느껴졌다. 나는, 나는 최소한 무언가, 혹은 누군가가 필요했다.

더는 혼자 있고 싶지 않았다.

'홀로'인 '에놀라'. 내 옆에서 함께해줄 사람은 아무도 없다.

비밀을 털어놓을 사람은 아무도 없다.

나를 위로해줄 사람도 아무도 없다.

사실 누구와도 함께할 수 없다는 걸 나는 누구보다 잘 알았다. 앞으로 7년간, 그러니까 내가 법적으로 성인이 될 때까지는 누구든 내가 누군지 알게 되는 그 순간 나에겐 위협이 된다. 조디도 너무 많이 알면 위험하다. 터퍼 부인도 마찬가지다. 가난한 사람들에게 나눠줄 음식을 받아오는 식료품 가게며 빵 가게 주인, 이상한 내 빨래를 맡아주는 세탁소 아주머니며 단검을 전부 만들어준 대장장이까지 다 위험할 수 있었다. 애완동물을 키울까 생각도 해보았지만 위기 상황에서 날 알아본다든가 해서 개마저도 나를 위험에 빠뜨릴 수 있었다. 펀델에 있을 때 키우던 콜리견 레지날드가 이를테면 런던에 와서 나를 발견하게 되면 내가 어떤 변장을 하고 있든 간에 반가워하며 나한테 달려들 것이다. 집사 레인 씨가 레지날드와 함께 있다면, 그리고 나에게 어머니 같은 존재 그 이상인 레인 부인이 나를 보기라도 하면 부인은 기쁨의 눈물을 흘릴 것이다.

'그만해, 에놀라 홈즈. 이제 그만 칭얼대.'

이제 그만 자리를 털고 일어나야 한다. 무언가 일을 해야 한다.

그래, 좋아. 엄마나 셜록 오빠 문제에 대해서는 엄마한테서 답장이 올 때까지는 달리 할 수 있는 일이 없었다. 그리고 비록 내가 아무리 내 목을 조른 그 인간을 상대로 정의를, 혹은 사실상 복수(!)를 원한다고 해도 지금으로서는 내가 할 수 있는 일이 아무것도 없었다.

그러나 하늘이 내려준 나의 천직인 '퍼디토리언'으로서는 분명 무언가 할 수 있는 일이 있었다. 유스타스 알리스테어 경의 실종된 딸과 관련해 내가 할 수 있는 일이 있었다. '라고스틴 박사'는 알리스테어 경의 딸을 찾아낼 것이고 이는 곧 박사의 첫 번째 사건이 될 것이다, 이렇게 나는 스스로에게 다짐했다.

이제 구체적 내용을 좀 알아야 했다.

이런저런 생각 끝에 나는 자리에서 일어나 복도를 한참 지나 부엌으로 갔다. 요리사와 가정부는 티타임 중이었다. 무슨 일이라도 있나? 둘 다 내가 부엌에 들어오는 것을 보고 놀라며 걱정하는 듯했다. 평소에 내가 원하는 게 있으면 그냥 종을 울리기 때문이었다.

"베일리 부인," 쉰 목소리로 나는 요리사에게 말했다. "제가 몸이 안 좋아서요. 목이 너무 아파요. 혹시……."

"그럼요." 내가 말을 채 끝내기도 전에 베일리 부인은 안심하며 대답부터 했다. 부엌을 찾는 건 아픈 걸로 대답이 됐다. 난로며 스토브, 보일러가 있는 부엌은 집 안에서 가장 따뜻한 곳이었다. "차 좀 드릴까요?" 베일리 부인이 잽싸게 일어나 주전자를 올렸다.

"네. 정말 감사해요."

"앉으세요, 미스 메설리." 가정부인 핏츠시몬스 부인

이 불가로 의자를 당기며 말했다.

두 사람과 함께 식탁에 앉아 나는 차를 홀짝였다. 부인들은 나한테 몸은 어떤지 조금 묻고 나서 다시 하던 이야기를 계속했다. 베일리 부인은 엊그제 최면술사인지 뭔지 하는 사람을 보러 뮤직홀에 갔단다. "그중에 좀 뚱뚱하고 어두운 피부색에 송충이 같은 눈썹을 가진 프랑스 남자가 하나 있었는데 눈빛이 꼭 늑대 같더라고." 그 프랑스 남자가 "몸에 착 달라붙는 프랑스식 드레스를 입은 젊은 처자"를 실험대에 눕히고는 최면을 걸 때 으레 그렇듯 반짝이는 걸 보라고 하면서 촛불의 불꽃을 보게 하더니 소위 최면술에서 말하는 '활력'을 흩뿌리기라도 하듯 그 여자 조수의 얼굴 위에서 손을 획 한번 움직인 다음 '자성의 손길'로 조수의 몸 전체를 쓱 훑었다는 것이다. "어디 소문이라도 날 정도로 여자 몸 위에 손을 가까이 댔는데 그렇다고 또 만진 건 아냐. 눈을 뜨고 시체처럼 누워 있는 여자한테 남자가 비누를 먹으라고 하니까 이 여자가 글쎄 비누를 사탕처럼 씹어 먹는 거야. 조랑말이 되라고 하니까 여자가 이번에는 히힝 하고 울고, 그다음엔 다리가 되라고 하면서 여자를 들어 의자 두 개 사이에 내려놓으니까 여자가 돌처럼 뻣뻣하게 굳어 있더라니까. 그러다가 이번에는 여자 귀에 대고 권총을 쏘는데……."

아무것도 모르는 척 앉아 이야기를 듣고 있자니 고역이었다. 그건 다 사기고 정직하지 않은 술수였다. 죽은 사람이 소위 전기 '충격요법'으로 생명을 되찾고 무형의 어떤 힘으로 테이블이 저절로 돌아가고 칠판에 저절로 글씨가 막 써지고 등등, 강신론이니 뭐니 하는 과학과 진보를 가장한 온갖 터무니없는 것들과 함께 최면술은 이미 벌써 정체가 탄로 난 터였다.

"……무대에 올라와서 최면이 걸렸는지 아닌지 직접 확인을 해보라는 거야. 어떤 부부가 올라가서 남편은 여자를 꼬집어보고 부인은 냄새 고약한 소금을 코 아래 대봤지. 내가 모자 고정핀으로 그 여자를 찔러봤는데도 꼼짝을 않더라고. 그 최면술사가 자성의 손길을 다시 한 번 훑고 나니까 여자가 이제 벌떡 일어나서 웃더라. 우리가 진짜 우레와 같은 박수를 쳤다니까. 그다음에는 골상학자가 나왔는데……."

아, 안 돼. 또 다른 가짜 과학이라니.

내가 끼어들었다. "골상학 진단을 받으려고 여왕이 머리를 박박 밀었다는데 들으셨어요?"

두 사람이 내 말을 믿을 가능성은 거의 없었다. 내가 방금 막 꾸며낸 루머니까 말이다. 어쨌든 루머라면 뭐든 가능했다. 뉘 집 레이디들이 누구를 불러다 강령회를 열었다든가, 누구누구 공작이 몽유병에 걸려 밤마다 나다닌다든가, 명망 있는 귀족들이 모여 웃음가스 실험을 했다든가 등등. 나는 성공적으로 주제를 흥미 진진한 상류층 가십으로 바꿨다. 그리고 가사일을 돕는 사람들이 대부분 그렇듯 이 두 사람도 상류층 가십이라면 모르는 게 없었다. 신문에서야 스캔들을 쉬쉬할지 몰라도 하인들 입을 타고 소문이 퍼지는 한 런던의 그 어느 집에도 비밀이란 없었다. 차를 두 잔째 받아 마시며 나는 기회를 노렸다. 드디어 다른 귀족 얘기가 나왔을 때 기회가 왔다.

관심과 연민을 얻어낼 요량으로 기침을 하며 물었다. "그분이 유스타스 알리스테어 경하고도 아는 사이일까요?"

"그분이요? 아닐걸요!" 핏츠시몬스 부인이 대답했다.

"유스타스 경은 그냥 준남작이니까요." 요리사가 말했다.

"그마저도 망신을 당하게 됐고 말이에요." 가정부는 목소리를 낮췄지만 눈빛에선 그야말로 흥미를 감추지 못했다.

나는 속으로 뿌듯해하며 놀란 척 관심을 보였다. "불명예요? 왜요?"

"그 집 딸 레이디 세실리 때문에요! 수치스러운 일이죠."

"부모 입장에선 끔찍한 일이죠." 요리사가 말했다. "알리스테어 부인은 충격으로 몸을 가누지 못할 정도 래요."

그렇게 몇 분 동안 가정부가 대답하고 요리사가 끼어들고 하면서 오리무중이던 내용이 최소한 내 머릿속에서는 어느 정도 파악이 됐다.

레이디 세실리 알리스테어는 유스타스 경의 둘째로 갓 열여섯 살이 된, 아직 사교계에 데뷔도 하지 않은 명망 있는 가문의 숙녀인데, 지난주 화요일 아침 갑자기 사라졌다. 아침에 침실 창문에 놓인 사다리가 발견 됐는데 경찰이 레이디 세실리의 친구들에게 조사한 결과 레이디 세실리가 지난여름 남성으로부터 구애를 받은 적이 있단 사실이 확인됐다. 그러니까 친구들과 함께 있는 자리에서 ("아마 어른도 없이 자기네들끼리 쇼핑을 하러 말이나 자전거를 타고 나갔던 모양이에요. 세상이 대체 어찌 되려는지!") 한 젊은 '신사'가 접근했다. 겉은 멀끔 하지만 출신은 확인되지 않은 남자란 얘기다. 추가 조사를 통해 레이디 세실리의 책상에서 외간 남자와 주고받은 편지가 발견됐고 레이디 세실리의 부모는 전혀 모르는 남자라는 사실이 드러났다. 경찰은 그로부터 나흘 후 이름만 가지고 성도 모르는 이 당돌한 젊은 남자를 찾아냈는데, 남자는 제대로 등록된 집도 없고 신

분 상승의 욕망이 농후할 것 같은 그런 상인 집안 아들이었다. 물론 그땐 이미 늦었다. ("그 남자랑 이미 결혼이라도 한 거면 끔찍하죠. 결혼을 안 했으면 더 끔찍하고.") 하지만 알고 보니 레이디 세실리는 그 남자와 함께 있지 않았다. 자긴 결백하고 아무 잘못도 없다고 남자는 강력히 주장했다. ("말도 안 되죠. 남자들이 원하는 건 딱 하나예요.") 이후 이 남자를 줄곧 감시하고 미행을 해봐도 레이디 세실리의 흔적은 없었다.

"차 좀 더 드려요, 미스 메설리?"

나는 웃으며 고개를 저었다. "아니에요, 베일리 부인. 정말 감사해요. 이제 사무실로 돌아가봐야겠어요."

사무소 정문으로 돌아와 사무실 안으로 들어서며 조디에게 방해받지 않고 싶다고 얘기해두곤 라고스틴 박사의 내실로 들어갔다. 밤에 수녀로 외출을 하고 온 다음 날이면 이따금씩 라고스틴 박사의 내실에서 낮잠을 자곤 했다. 조디가 버르장머리 없이 씩 웃었지만 나는 무시했다. 아마 내가 담요를 뒤집어쓰고 라고스틴 박사의 안락한 패브릭 소파에서 몇 시간 눈을 붙일 거라고 짐작하는 것 같았다.

원하던 바였고 다른 하인들도 그렇게 생각하길 바랐다.

라고스틴 박사의 내실에는 난로 쪽을 향해 있는 그

소파 말고도 존재하지 않는 라고스틴 박사를 위한 커다란 책상, 고객들을 위한 팔걸이 가죽 의자들이 놓여 있었고 바닥에는 번쩍번쩍 화려한 터키제 카펫이 깔려 있었다. 드레이프 커튼이 묵직하게 걸려 있는 창문들 사이로 키 큰 책장이 하나, 나머지 세 개 벽면을 따라 다른 책장들이 또 줄줄이 세워져 있었고 그 중간중간 가스등과 (빛을 반사시킬 목적의) 긴 거울이 있었다. 책장은 전부 영매라는 이 사무실 전 주인이 남기고 간 것이었다. 이 방에서 그들은 죽은 자의 영혼을 불러오곤 했다.

안에서 방문을 잠그고 은밀한 작업을 위해 두꺼운 주름 커튼을 친 다음 가스등 불을 밝히고 벽 쪽에 붙어 있는 첫 번째 책장으로 걸어갔다. 두툼한 교황의 에세이집 뒤로 손을 뻗어 조용히 문고리를 열고 책장의 왼쪽 모서리를 내 쪽을 향해 당겼다. 경첩이 완벽하게 맞고 기름칠도 잘 돼 있어 손가락으로 살짝만 밀어도 부드럽게, 조금의 소음도 없이 책장이 열리면서 작은 방이 나왔다.

영매란 자의 공범들은 아마 여기 숨어 있었을 거라고 나는 확신했다.

그러나 나는 옷장 정도 크기의 이 공간을 다른 물건을 숨겨두는 용도로 썼다.

이제 바로 그 물건들이 필요했다. 준남작의 저택에 들

어가려면 '아이비 메쉴리'론 안 된다. 변장이 필요했다.

나는 초에 불을 붙였다. 난로가 없는 방이라 덜덜 떨면서 나는 아이비 메쉴리의 싸구려 주름장식이 달린 포플린 원피스도 벗고 메쉴리가 항상 차고 다니는 둥글납작한 브로치도 뗐다. 이유가 있었다. 이 브로치는 내 단검 자루와 붙어 있어서 겉에서 보면 액세서리처럼 보이지만 사실은 단추 사이로 단검 손잡이를 뺄 수 있도록 되어 있었다. 이 브로치를 잡고 나는 코르셋 속에서 면도날처럼 날카롭고 날렵한 번쩍번쩍한 단검을 꺼내 옆에 두었다.

아이비 메쉴리의 가발, 귀걸이 등등도 다 떼고 나서 우습게도 나한테 절대 없어서는 안 될 속옷, 그러니까 코르셋 차림으로 섰다.

그렇다. 코르셋에 대한 내 개인적인 생각과는 별개로 나는 늘 코르셋을 입었다. 하지만 절대 괴로울 정도로 허리를 조인 적은 없고 그냥 보호용으로만 입는 거다. 나에게 코르셋은 제약이 아니라 내가 방어를 하고 변장을 하고 이것저것 가지고 다닐 수 있게 도와줌으로써 오히려 자유를 주는 도구였다. 코르셋은 단검을 숨기기에도 좋았고, (지폐를 포함해 이런저런 유용한 물건들을 넣고 다니는) 가슴 확대 보정기를 단단히 지지해주기도 하고, 또 에놀라 홈즈의 일자 몸매와는 사뭇 다른

67

체형을 만들어주는 엉덩이 조절기도 잘 받쳐줬다.

이제 보온용, 보호용 속옷과 페티코트만 빼고 다 벗은 후 나는 세면대에 등을 굽히고 루주를 씻어냈다. 준비해둔 물이 얼어버린 탓에 물이 너무 차가워 인상이 찌푸려졌다. 길고 평범하게 생긴 창백한 얼굴과 길고 평범한 갈색 머리의 내 모습이 거울에 비쳤다.

머리가 문제였다. 성인 여성처럼 보이려면 올림머리를 해야 한다. 미성년들이야 드레스는 짧게, 머리는 풀어도 되지만 성인 여성들은 드레스는 길게, 머리는 올려야 한다. 상류층 성인 여성이라면 거의 예외 없이 온몸을 가리고 다니되 귀는 보여야 했다.

오늘 나는 기품 있는 집안의 여성으로 보여야 한다. 하지만 그런 여성들에게는 머리를 해주는 하녀들이 있고 나한텐 그런 하녀가 없다.

머리를 올리느라 얼마나 고생을 했는지 일일이 다 얘기하진 않겠다. 다만 한 시간 후 어마어마한 모자에 가려 보이진 않지만 여하간 올림머리를 한 상류층 여성이 책장 뒤에서 나타났다 정도로 해두겠다. 나는 가장 질 좋은 양모 원단으로 만든, 조금 고리타분하다 싶은 스타일의 회색 데이 드레스를 입었다. 물론 가슴 앞쪽에는 브로치를 달았다. 이번에는 진주로 만든 우아한 타원형 브로치였다. 나는 단검이 여러 개였다.

나름대로 귀여운 털망토를 걸치고 그에 어울리는 팔토시를 두른 후 이 비밀의 드레스룸 문을 닫았다. 그러고는 바깥쪽 벽의 다른 책장으로 가서 다른 두꺼운 책(『천로역정』) 뒤에 손을 뻗어 또 다른 문고리를 열었고 이렇게 라고스틴 박사의 내실에서 비밀의 문으로 빠져나왔다.

5장

전 주인은 기가 막히게 비밀 출구를 만들어뒀다. 출구를 빠져나오면 집과 집 사이의 좁은 공간에 무성하게 상록수가 자라 있었다. 여기서는 아무에게도 사무소를 나서는 모습을 보이지 않고 원하는 방향으로 갈 수 있었다. 심지어 예리한 핏츠시몬스 부인의 눈도 피할 수 있었다. 핏츠시몬스 부인이라면 내가 돌아서는 그 순간부터 내 머리부터 발끝까지 분석하고 점수를 매길 사람이다. "불쌍한 아가씨, 코랑 턱은 쓸데없이 크면서 정작 나올 덴 안 나왔네, 여자들은 다 알지. 이 여자랑 결혼하는 남자는 속았단 기분일 게야."

질퍽한 진흙 같은 색에 썩은 식물처럼 축 늘어진 머리 때문에 기분이 영 좋지 않았다. 일단 안전하게 사륜마차에 오른 후 주머니에서 종이와 연필을 꺼내 빠르게 스케치를 해나갔다. 조금 못된 스케치였다. 흰 러플이 달린 고전적인 가정부용 모자를 쓴 핏츠시몬스 부인과 베일리 부인이 고개를 숙이고 가십을 숙덕대는 모습. 번뜩이는 눈을 크게 뜨고 보이지도 않을 만큼 얇은 입술로 수다를 떠는 모습이 마치 한 쌍의 거북이 같았다.

그렇게 기분전환을 좀 하고 나서 나는 좀 더 차분하게 털망토와 팔토시를 끼고 눈병아리 깃털 장식이 달린 벨벳 챙 모자를 쓴 나이 어린 상류층 부인을 그렸다. 우아한 모자를 쓴 부인은 근시 때문에 눈을 가늘게 뜨고 주변을 둘러본다. 아무리 시력이 나쁘다 한들 안경을 쓰는 레이디는 없을 테니까. 조신하다 못해 기력도 없어 보이는 그녀는 고급스럽지만 수수한 옷차림을 하고서 걸을 때도 구부정한 어깨로 고개를 숙인 채 걸었다.

라고스틴 박사의 수줍은 어린 신부, 라고스틴 부인이었다.

이렇게 그림을 그리면서 나는 오늘 내가 연기할 인물을 되새겼다.

그림을 그리고 싶을 땐 내키는 대로 아이비 메쉴리에서부터 엄마, 셜록 오빠, 마이크로프트 오빠까지 에놀라 홈즈만 빼면 아무나 다 그릴 수 있었다. 진짜 나의 모습은 종이 위에 제대로 그려낼 수가 없었다. 이상했다.

마차는 첨단 유행의 거리로 나를 데려갔다. 마차가 멈추자 나는 스케치한 종이를 주머니 속 깊숙이 집어넣었다. 셜록 오빠가 내 그림을 두어 번 본 적 있었으니 어디 그림을 흘리기라도 해서 눈에 띄는 일은 없도록 주의해야 한다. 집으로 돌아가면 스케치를 태워버릴 것이다.

실크 장갑을 끼고 그 위에 토시를 한 후 모퉁이에서 내려 마차가 떠나길 기다렸다. 이제 허리받이를 하는 사람들은 미망인들뿐이었지만(어설프게 풍성한 그 스타일도 이제 유행 끝물이라니 그나마 다행이다) 그래도 상류층 부인들은 여전히 옷자락을 길게 늘어뜨려야 했다. 긴 망토의 끝단과 그보다 더 긴 치맛자락은 차가운 자갈 위로 질질 끌렸다. 이게 마차에 탄 사람의 사회적 계급을 보여주는 것이기에 나는 마차가 떠날 때까지 그대로 서 있었다. 라고스틴 박사라면 전용 사륜마차와 이륜마차 모두 갖고 있어야 할 테지만 엄마가 아무리 돈을 많이 줬대도 한계는 있었다.

그나마 라고스틴 부인을 연기할 일이 자주 있지는 않는 게 다행이었다.

정말 다행인 건 라고스틴 부인일 때에는 얼굴에 변장을 하지 않아도 된다는 거였다. 아이비 메슐리는 루

주며 붙이는 가발이며 싸구려 보석 뒤에 숨었지만 귀족 부인 중에 그런 사람은 없었다.

모퉁이에 서 있는데 톱햇을 쓴 두 신사가 지나가며 이해할 수 없다는 눈빛으로 날 쳐다봤다. "우리 집사람은 있어야 할 자리에 있지. 혼자 집 밖에 나와 돌아다니는 그런 짓은 하지 않아." 둘 중 한 명이 옆 사람에게 말했다. "저렇게 혼자 다니다 일 나지. 결국 자기 탓이야." 다른 사람이 동의했다. 나는 그들을 무시했다. 안 그래도 가뜩이나 우울한 날인데 굳이 그 남자들 말에 신경 쓰면서 하루를 망치고 싶지 않았다. 아직 시계는 막 오후 1시를 가리켰건만 연기며 안개며 검댕이 가득한 런던 하늘은 벌써 저녁 같아서 일찌감치 사다리를 타고 불을 켜러 사람이 올라가고 있었다. 런던의 지붕마다 마치 검은 촛불처럼 굴뚝에서 검댕을 뿜어내고 있었다. 노동자들과 여성 청소부들이 기침을 하며 나를 지나쳐 갔다. 저들 가운데 오늘 카타르성 염증으로 죽는 사람이 있을지도 모른다.

해진 옷을 입은 소녀가 빗자루를 들고 나에게 다가왔다. 내가 고개를 끄덕이자 아이는 재빨리 내가 지나갈 수 있도록 비질을 했고 늘 거리를 덮고 있는 검댕과 돌가루 먼지, 진흙이며 말똥이 내가 지나갈 길에서 사라졌다.

아이를 따라가며 나는 아이에게 팁으로 파딩(4분의 1
페니-역주) 대신 넉넉하게 페니를 주었다. 그러고 나서
싫든 좋든 치맛자락으로 거리를 쓸며 목적지, 그러니
까 유스타스 알리스테어 경의 저택으로 향했다.

거대한 문 앞에 서니 사자 머리 모양의 황동 문고리
가 보였다. 라고스틴 부인답게 소심하게 행동해야 한
다고 재차 되새기면서 나는 문고리를 두드렸다.

이 어두운 오후에 온통 환하게 빛이 나는 하녀가 곧
문을 열어주었고 그 뒤로 마찬가지로 화려한 차림새의
집사가 서 있었다.

"마님께서는 방문객을 받지 않고 계십니다." 집사는
겨울날처럼 차가운 태도였다.

"마님께서 몸이 안 좋으신가요? 이걸 보여드리면서
제가 안부를 여쭙고 싶다고 좀 전해주세요." 생쥐처럼
작은 목소리로, 그러나 교육을 아주 잘 받은 사람의 말
투로 내가 말했다.

집사는 마지못해 은쟁반을 들고 왔고 나는 그 위에
'레슬리 티 라고스틴 박사, 사이언티픽 퍼디토리언'이
라고 적힌 명함을 놓았다. 명함에는 '부인'이라고 적어
두었다.

"조심할 필요가 있을 것 같아서 이미 마차를 보냈어
요." 나는 조용히 말했다. 이러면 하인이나 누굴 동반하

지 않고 혼자 온 이유가 설명이 된다. 이렇게 갖춰 입은 귀족 부인을 문밖에서 떨게 내버려둘 리는 없을 터, 나는 안으로 들어서면서 덧붙였다. "불가에서 몸을 좀 녹이고 있을게요."

하녀는 눈치껏 내 망토와 토시를 받아주었다. 그러나 모자는 벗지 않는다. 귀족 부인의 모자는 일단 쓰고 나면 절대 벗을 수 없다. 실내에서 모자를 쓰고 장갑을 끼고 있자니 더없이 상류층처럼 보였다.

나는 거대한 응접실을 서성이며 레이디 테오도라, 그러니까 알리스테어 부인을 기다렸다. 주소를 찾으려고 라고스틴 박사의 『보일스』에서 '유스타스 알리스테어 경, 준남작'을 찾아보다가 부인의 이름도 알게 됐다. 아무튼 레이디 테오도라가 나를 만나려고 할지 어떨지는 알 수 없었다. 어쩌면 갑자기 이렇게 찾아온 나를 지푸라기라도 잡는 심정으로 만나고 싶어 할지도 모른다. 다른 한편으로는 자존심이 절박함보다 얼마나 중요한 사람인지에 따라 그런 생각을 오히려 최후의 수단으로 여길 수도 있다.

어떤 대화를 나눌 것인지 미리 생각해보면서 부디 레이디 테오도라가 '퍼디토리언'이 무엇인지 이해할 수 있길 바랄 뿐이었다. 집사가 내 옷차림과 행동에도 좋은 인상을 받았길 바라고 말이다.

"에헴." 집사가 다시 응접실로 돌아왔다. "마님께서 모닝룸에서 접견은 어렵다 하십니다만 혹시 잠시 안방으로 올라올 수 있는지 알고 싶어 하십니다." 절대 안 된다고 말할 것처럼 보이던 집사가 그렇게 말했다.

내가 바라던 대로다. 비록 이제부터는 정말 조심해야 하겠지만.

집사를 따라 위층으로 올라가는데 위층 아이 방에서 어린아이들 목소리가 들렸다. 유모나 어쩌면 가정교사가 아이들을 가르치고 있었다. 『보일스』에 따르면 영예로운 레이디 세실리는 형제자매가 일곱 명이나 됐다.

그 점을 고려하면 레이디 테오도라가 너무 젊어 보여서 깜짝 놀랐다. 어쩌면 깊은 슬픔에 잠긴 데다 아주 예쁜 레이스 장식이 달린 티가운 차림이어서 그런지도 몰랐다. 티가운은 케이트 그리너웨이 작품의 영향으로 최근 유행을 타고 있는데, 티가운을 입을 때는 코르셋을 안 입어도 되고 방문객을 개인 방에서 접견할 수도 있었다(여성 방문객인 경우만!). 허리선이 높은 아주 편안하고 예쁜 가운 차림의 레이디 테오도라는 정말 어려 보이고 매력적인 반면 나는 그야말로 황새 같았다.

방에 들어섰을 때 레이디 테오도라는 아직 나를 만날 준비가 되지 않았다. 하녀들은 허둥대며 부인의 긴 적갈색 곱슬머리를 만지고 있었고, 레이디 테오도라는 화장대 앞 작은 의자에 앉아 눈물로 얼룩진 얼굴에 분칠을 하고 있었다. 나는 먼저 거울을 통해 레이디 테오도라를 보았다.

유리를 통해 먼저 눈인사를 나눈 셈이었다.

나는 수줍은 라고스틴 부인이니까 시선을 피했다.

내가 어디 유럽 성당에 온 관광객처럼 주변을 둘러보고 있는 동안 레이디 테오도라는 나를 충분히 살펴보았을 것이다. 사실 레이디 테오도라의 방은 엄마 방하고 비슷했다. 볕이 잘 들고 환기도 잘 되고, 일본식 병풍이 세워져 있고 섬세한 오리엔탈풍 조각이 새겨진 가구들도 있었다. 방이 썩 크진 않았다. 하지만 나는 깜짝 놀란 것처럼 보여야 한다. 소심하게. 나는 속으로 되뇌었다. 어린 나이에 결혼함. 순진함. 대단히 평범함. 누가 봐도 위협적이지 않음.

"이 정도면 됐네." 레이디 테오도라가 뒤를 돌아보며 어깨를 한번 으쓱하면서 빗질할 때 입는 재킷을 벗은 후 하인들을 손짓으로 내보냈다. "라고스틴 부인, 앉으시지요."

나는 안락의자의 끝자락에 앉았다. "어, 이렇게 불편을 끼쳐드려 죄송합니다. 음, 제대로 소개도 없이 이렇게 무턱대고 찾아오는 것이 부적절한 태도일 수도 있겠습니다만, 레이디 알리스테어. 이렇게 어려운 시기에……." 나는 당혹스러워하는 것처럼 작은 목소리로 중얼대다 말끝을 흐렸다. 지금 레이디 테오도라가 어려움을 겪고 있다는 걸 나 같은 낯선 사람은 기본적으로 알아선 안 되는 문제다. 물론 레이디 테오도라는 내가 그 일을 알고 있다는 사실을 당연히 잘 안다. 그렇지 않고서야 내가 여기 있을 리가 없잖은가?

레이디 테오도라는 바로 본론으로 들어갔다. "남편분께서 보내셨다고요, 라고스틴 부인?"

나는 내리깔고 있던 눈을 제대로 뜨고 레이디 테오도라의 예쁜 얼굴을 올려다보았다. 아니, 아름다운 얼굴이었다. 아름다운 여성이었다. 약간 각진 듯한 턱, 커다란 입, 반짝이는 눈, 놀라우리만치 교양 있고 섬세한 표현. 대체로 그다지 직설적이지 않은 사교계 귀부인인 것 같은 인상이었다. 말 속에 숨겨진 의도를 찾아내는 일들에 능숙한, 사교계의 가식적 게임을 아주 잘하는 그런 유형 같았다. 이런 사람이 저렇게 단도직입적이 된다는 건 아주 극단적인 상황뿐일 터이다.

"음, 네." 나는 더듬거렸다. "라고스틴 박사께서는 직접 와서 뵙는 게 무리라고 생각했어요. 아시겠지만……."

다시 한 번 나는 말을 멈추고 레이디 테오도라에게 선택권을 주었다. 세상이 다 알지만 모르는 척하는 그 사실을 말할 것인지 말 것인지에 관해서.

레이디 테오도라는 잠시 뻣뻣하게 굳더니 이내 고개를 끄덕였다. 자신 있고 아름다운 여성이 소박하고 조용하고 겸손한 사람과 친구가 되는 경우가 왕왕 있다. "그래요." 그녀가 낮은 목소리로 말했다. "우리 딸 세실리가 어딨는지 모르겠습니다. 그 애 부모지만 애가 어딨는지 모르겠어요. 부군께서 사라진 사람들을 찾아주신다는데, 맞나요?"

"네, 그렇습니다."

"우리 딸을 찾아주신다고요?"

"원하신다면요. 보상은 전혀 바라지 않고요."

"그렇군요." 레이디 테오도라는 내 말을 믿지 않았다. 오히려 라고스틴 박사가 기회주의적인 사기꾼이라고 생각하는 것 같았다. 그러나 한편으로는…….

"저는 절박합니다, 라고스틴 부인." 레이디 테오도라가 나를 쳐다보며 말했다. 극도로 절제했지만 그럼에도 떨리는 목소리를 느낄 수 있었다. "벌써 일주일째 소식이 없어요. 전혀요! 경찰은 별로 큰 도움이 안 되는 것 같고요. 부군께서야 그보다는 나으시겠죠. 저는 누구도 부를 수 없는 입장인지라 바보처럼 있을 수밖에 없습니다만, 이번에 당신이 직접 찾아오셨으니 이걸로 저를 비난할 순 없겠지요. 천우신조로 신께서 당신을 보내주신 거란 생각이 듭니다. 자기 잇속 차리려는 시도든 뭐든 간에요. 물론 부인 말고 부군 얘깁니다. 기분 나빠지진 마시고요."

"전혀 아닙니다, 레이디 테오도라." 나는 수줍어하며 송구스럽단 눈빛을 흘려보냈다. "제가 여기 와 있는 것도 황당하기 그지없습니다만, 남편들이란 기어이 자기 뜻대로 해야 하는 사람들이니까요."

내 말에 그녀는 절대적으로 공감을 표했다. "오, 라고스틴 부인!" 레이디 테오도라가 내 쪽으로 몸을 기울이며 장갑 낀 내 손을 잡았다. "그렇다마다요! 모든 걸 결정하는 게 남자들이라지만 어쩌면 그렇게 다 틀리는지요! 우리 세실리가 남자들 말처럼 그렇게 사라져버린 게 아니란 걸, 그럴 리가 없다는 걸 나는 믿습니다. 아직 우리 딸을 찾지 못한 것만 봐도 제 짐작이 맞아요. 그런데도 남자들이란 그렇게 믿고 있으니…… 얼마나 끔찍한지 모릅니다. 우리 남편마저도……."

나는 고개를 끄덕이며 레이디 테오도라가 알아채지 못하도록 대화를 이끌어나갈 방법을 고민했다. "부군께서 나이가 더 많으신가요, 레이디 테오도라?"

"큰 차이는 안 납니다. 라고스틴 박사는 부인보다 나이가 훨씬 위인가요?"

"네. 저는 세 번째 처입니다. 제 나이가 실은……."

레이디 테오도라가 나 대신 말을 이었다. 아주 나지막하게. "우리 딸, 레이디 세실리와 별로 차이가 많이 안 나지요."

"그렇죠. 꽤 비슷하죠. 그래서 제 생각에는⋯⋯."

"생각에는?" 우리는 이미 공모자였다. 우리의 무릎이 거의 서로 맞닿아 있었고 레이디 테오도라는 내 옆에 바싹 붙어 앉아 내 손을 꼭 붙들고 있었다.

"제 생각에는, 제가 레이디 세실리와 비슷한 나이대로서 경찰이 채 살피지 못한 뭔가를 찾아낼 수 있지 않을까 합니다⋯⋯."

"오, 라고스틴 부인, 그러면 얼마나 좋을까요! 저 역시 지금껏 뭐라도 하고 싶었습니다만⋯⋯ 그렇지만 뭘 어떻게 해야 하나요?"

라고스틴 부인을 연기하고 있다는 사실을 잠시 깜박할 뻔했다. 다행히 제때 기억을 해내곤 망설이는 듯 입술을 잘근잘근 씹은 후 내가 말했다. "음⋯⋯ 어디서부터든 시작은 해야 할 것 같아요. 혹시 괜찮으시다면 제가 레이디 세실리의 방을 한번 둘러봐도 괜찮을까요?"

6장

당연히 차부터 마셨다. 뜨거운 차와 함께 나온 마멀레이드 타르트를 먹으며 우정을 나누는 가운데 우리는 공범이 됐고, 그런 다음 레이디 테오도라는 레이디 세실리의 개인 하녀를 불러 나를 그 방으로 안내하도록 했다.

상류층 집안에서는 침대와 옷 입는 공간을 한 방에 두고 그 뒤에 하인들과 친구들이 드나드는 다른 방을 두는 게 일반적이다. 나는 레이디 세실리의 침실을 보기 위해 곧장 걸어 들어갔다. 한눈에 봐도 사랑스러움 그 자체였다. 섬세한 조각과 무늬가 있는 슬레이 침대 (침대 머리와 발판 쪽이 굽어 있는 썰매처럼 생긴 침대-역주) 는 숙녀보다는 소녀가 더 쓸 법해 보였다. 어쩌면 레이디 세실리의 어머니가 딸을 여전히 아이로 남겨두고 싶어 그런 것인지도 모른다. 한쪽 구석에는 가문의 자부심을 북돋우기 위한 평범한 인형의 집이 있었다. 하지만 아마도 레이디 세실리는 나처럼 이런 류를 별로 좋아하지 않는 듯했다. 값비싼 도자기 그릇이며 인형은 선반에 그냥 방치돼 있었고 심지어 유리 케이스 안까지 먼지가 끼어 있었다. 벽난로 위 선반에 놓인 비슷한 종 모양의 유리 케이스를 보니 레이디 세실리가 유색 왁스로 장미를 만드는 그런 고상한 취미의 소유자도 아니란 생각이 들었다.

"레이디 세실리께서 직접 만든 건가요?" 하녀에게 확인차 물었다.

"예. 저희 아가씨께서는 손으로 만드는 거라면 다 잘하셨더랬죠. 아니, 물론 지금도요."

왁스로 만든 그 장미는 꽃이라기보다 거의 형태를 알 수 없는 왁스 뭉텅이 같았다.

벽에는 작은 액자에 파스텔화가 걸려 있었다. 난롯가에서 뜨개질하는 나이 든 여자, 달걀을 한 바구니 긴 시골 아낙네, 강아지를 안고 있는 볼이 발그스레한 아이 등등.

"이 그림도 전부 레이디 세실리께서 그리신 건가요?"

"예. 예술 쪽으로 재능이 많으신 분이세요."

그건 좀 반박의 여지가 있다고 생각했지만 나는 고

개를 끄덕였다. 파스텔화는 왁스꽃처럼 여러 색을 쓰고 있었지만 선이나 형태는 상당히 흐릿했다.

"레이디 세실리께서는 성악 수업도 받으시고 발레도 하셨어요. 모든 면에서 재주가 많으신 분이지요."

결혼 시장에 적합한, 다시 말해 우리 오빠들이 나에게 기대한 것과 같은 모습이었다. 노래를 부르고 춤을 추고 프랑스어로 인용을 하고 가끔 연약하게 기절도 하는 여느 귀족 집안 거실에서나 보이는 그런 장식품 같은 여자 말이다.

레이디 세실리는 자신의 그 "재주"를 어떻게 생각하는지 궁금했다.

슬레이 침대 말고도 비슷한 장식이 돼 있는 화려한 옷장과 서랍장, 세면대도 보였다. 서랍장 위에는 으레 있어야 할 법한 것들이 모두 갖춰져 있었다. 반지걸이, 양각 무늬가 있는 은 재질의 참빗과 브러시, 손거울, 표면에 무늬 장식이 된 화장실용 유리 물병, 헤어타이디 (올림머리 등을 위해 빗질하며 떨어지는 머리카락을 모으는 일종의 쟁반-역주) 등등. 옷장도 미혼의 여느 귀족 아가씨의 것과 다르지 않았다. 모닝 드레스, 데이 드레스, 외출용 드레스, 일요일 드레스, 이브닝드레스, 승마복, 사이클링복, 테니스 드레스 등등 종류별로 옷들이 끝없이 채워져 있었다. "레이디 세실리께서 집을, 음 그러니까, 떠나신 날 무엇을 입고 계셨는지 확인이 됐나요?"

"예. 아가씨께서는……." 하녀는 얼굴을 붉혔다. "아가씨께서는 잠옷을 입고 계셨던 것 같습니다. 따로 없어진 옷은 없었습니다."

"그렇군요. 침대에서 잔 흔적이 있나요?"

"예."

집 뒤편을 향해 난 창문이 하나 있었고 다른 창문 하나는 옆쪽을 향해 나 있었다. "이 두 창문 중 사다리가 놓여 있던 게 어느 쪽인가요?"

하녀는 집 뒤편의 창문을 가리켰다. 그쪽으로는 거리가 보이지 않았다.

"창문은 다 열려 있었고요?"

"예."

"아래층에는 열려 있던 창문이나 문이 있었나요?"

"아니요. 아래층 문은 다 자물쇠가 걸려 있거나 닫혀 있었고 창문에는 걸쇠가 걸려 있었어요."

"하지만 이 창문들에는 걸쇠가 안 걸려 있었고요?"

"네." 하녀는 내 무지함이 안타까운 듯 대답했다. "준 남작님 일가는 모두 건강상의 이유로 창문을 조금씩 열어두고 주무세요. 겨울이든 여름이든요."

새로울 것 없었다. 나도 그렇게 자랐다. 환기가 잘 되면 소화도 잘 되고 또 다른 질병에도 강해지고 게을

러질 일도 없다나. 그래서 수면모자가 얼어붙을 정도로 추운 날씨에도 창문은 2, 3센티미터 정도 열어둬야 했다.

"그러니까 밖에서 누군가 창문을 열 수도 있었겠네요."

"예."

"창문은 그렇게 활짝 열려 있었고, 그럼 사다리도 창틀에 그대로 있었나요?"

"예."

나는 레이디 세실리의 침실로 다시 돌아갔다. 거울, 의자, 소파, (레이디 세실리의 솜씨인 게 여실한) 자수 놓은 벽난로 가림막, 창틀의 양치식물 화분, 그리고 빛이 들어오는 쪽에 놓인 레이디 세실리의 이젤과 아트 스탠드까지 작지 않은 방에 많은 것들이 있었다.

그리고 덮개가 열리고 닫히는 책상이 보였다(그때는 이 책상이 중요하다고 생각했다).

일단 책상부터 열어보았다. "여기서 편지 몇 통이 발견됐다고요?"

"예. 경찰이 가져갔습니다."

86

"경찰이 혹시 다른 것들도 뒤져보았나요?"

"아니요!" 하녀는 충격을 받은 모양이었다. "레이디 테오도라께서 편지를 발견하시고 경찰에게 가져다주셨어요."

그러니까 즉, 경찰은 이 방에 발을 들인 적이 없었다.

"그렇군요." 한번 살펴보기 위해 책상에 앉으면서 나는 그렇게 말했다.

진심으로 그 편지들을 직접 확인하고 싶었는데 아쉬웠다. 꼭 내용 때문만이 아니라 런던 경찰청에서 간과한 무언가를 찾을지도 모른단 생각에서였다. "우표가 거꾸로 붙어 있었다든가, 뭐 이상하게 붙어 있었다든가 하진 않았나요?" 그럼 그건 암호다.

"편지는 우편으로 온 게 아니었어요." 내 말에 하녀가 또다시 충격을 받은 것 같았다. 아마 그 무시무시한 집사가 모든 우편물을 확인했을 것이다.

"그럼 어떻게 왔죠?" 누군가 전달해줬단 얘긴데, 그게 누굴까?

"음, 저희도 잘 모르겠습니다."

그러니까 하인들 중 한 명이 개입돼 있단 얘기다. 어쩌면 릴리라는 이 하녀일지도 모른다. 이제 물어봤자 더는 얻을 것이 없었다.

책상 위에는 훌륭한 문구 세트가 가득 놓여 있었다. 잉크병, 만년필, 펜홀더, 편지 오프너 등 전부 옥으로 만든 것들이었다. 서랍에는 압지, 펜닦개 등의 다른 평범한 문구용품과 레이디 세실리의 이름이 새겨진 편지지, 색색의 실링 왁스가 들어 있었다. 사무적인 서신엔

빨강, 변하지 않는 사랑에는 파랑, 우정에는 회색, 질투에는 노랑, 수줍은 연인에게 용기를 줄 초록, 위로에는 보라…… 그러나 닳은 건 회색 왁스뿐이었다.

서랍에는 레이디 세실리의 주소책도 있었다. 귀족 아가씨답게 작고 소용돌이치는 필체였다. 이런저런 잡다한 다른 노트들도 있었다. 살 것들, 지켜야 할 사항들을 잊지 않으려고 적어둔 메모, 각 알파벳으로 시작하는 명언들, 뭐 그런 것들이었다.

무엇보다도 일기장 한 묶음을 발견했다.

"레이디 세실리가 일기를 썼나요?" 실크 표지의 일기장에는 작은 자물쇠가 달려 있었다.

"예."

그러나 자물쇠는 열려 있었다. "경찰이 이걸 봤나요?"

"아니요!"

"레이디 테오도라는요?"

"예. 거울을 통해서요."

"그게 무슨 말이죠?" 나는 그렇게 물으며 한 권을 집어들어 바로 열어보곤 일기장 안의 손글씨에 깜짝 놀랐다. 큰 글씨에 애들 글씨처럼 필체는 단순하고 전부 왼쪽으로 기울어져 있었다. 주소책이나 다른 메모에서 본 필체와는 전혀 달랐다. 의아해하다 그제야 오른쪽에서 왼쪽으로 쓴 글씨란 걸 깨달았다. 일기장의 글은 오른쪽에서 왼쪽으로 쓴 것이었고, 심지어는 글자도 좌우가 바뀌어서 b가 d처럼 보였다.

"정말 이상하네요!" 나는 일기장을 들고 일어나 거울로 갔다. 일기를 보다 쉽게 읽기 위해서였다.

무시무시하게 추운 날씨다. 페티코트를 아홉 벌이나 입었다.

암호일까? 이렇게 거꾸로 쓰는 건 쓸 때의 불편함을 생각하면 그만큼의 가치가 없다.

"대체 왜 이렇게 쓰신 거죠?"

"저도 모르겠습니다, 부인."

"이렇게 글을 쓰는 걸 본 적이 있어요?"

"아니요, 부인."

모든 귀족들의 하인이 그렇듯 릴리도 당연히 본 적이 없다.

여덟 권의 일기장은 모두 이렇게 특이하게 오른쪽에서 왼쪽으로 글이 써 있었고, 이게 무려 몇 년치였다. 가장 최근 일기장을 보기로 하고 빈 페이지가 있는 일기장을 찾았다. 사실상 노트의 뒤에서 앞으로 쓴 거니까 그럼 노트 맨 앞에 빈 페이지가 있는 거다. 나는 그 일기장의 마지막 (혹은 첫 번째) 페이지를 열어 거울에 비춰보았다.

89

1월 2일. 지루하기 그지없다. 아무리 선의가 많아도 이 세상의 고통을 해결할 수 없을 것 같은데 새해 결심을 어떻게 이야기한단 거지? 지금도 거리엔 누더기 하나 걸치지 못하고 신발도 제대로 못 신는 고아며 엄청나게 가난한 아이들이 넘쳐나는데, 어떻게 향수며 파티며 치마 주름이며 네크라인이며 무도용 슬리퍼 같은 얘길 할 수가 있냔 말이다. 그 아이들 아버지란 사람들은 일자리를 못 찾고 있고 어머니란 사람들은 공장에서 하루 열여섯 시간을 일하는 동안 나는 여왕 앞에서 인사를 해야 한다고 150센티미터가 넘는 긴 치맛자락이 달린 드레스를 입고 뒤로 걸으면서도 넘어지지 않는 연습을 하고 있다. 내 삶엔 그럴듯한 목적도 없고 가치도, 의미도 없다.

전혀 비밀의 연인과 야반도주를 감행한 아가씨의 감성이 아니다!

의문만 가득한 가운데 나는 릴리가 책상을 정리하도록 그녀를 거기 그대로 두고 레이디 세실리가 최근 그린 그림을 확인하러 방 저편으로 갔다.

이젤 위에는 좀 작은 화폭에 시골 풍경을 그린 아직 미완성의 파스텔화가 있었다. 그림은 이미 온갖 사탕처럼 달콤한 색이 형태 없이 한데 뭉그러져가고 있었다. 아트 스탠드 위에는 파스텔이 놓여 있었다.

죄다 부서져 있었다. 분홍색, 복숭아색, 연녹색, 파랑색, 하늘색, 연보라색, 연갈색. 전부 들쭉날쭉한 조각들로 부서져 있었다.

흥미로웠다.

뻔한 물건들을 기대하며 레이디 세실리의 아트 스탠드 서랍을 열어보았다. 연필과 지우개, 인디아 잉크, 아직 상자를 뜯지 않은 미술용 펜, 그리고 목탄 조각들이 상자도 없이 들어 있었다. 끝이 다 뭉툭하게 닳아 있는 목탄 조각들은 마치 런던을 오염시키는 굴뚝 검댕처럼 다른 것들을 더럽히고 있었다. 적잖이 많은 목탄 조각들이 굴러다니고 있었다.

그것도 전부 닳아서 몽당이 된 상태로.

이젤 위의 파스텔화를 살펴보았지만 검은색이라곤 찾을 수 없었다.

주변을 둘러보아도 벽에 걸려 있는 그림 중에 어두운 작품은 하나도 없었다.

서랍을 닫은 후 책상을 정리하고 있는 릴리에게 다시 건너갔다. "릴리, 레이디 세실리의 목탄 그림은 어딨나요?"

"목탄이요?" 옥으로 만든 문구 세트를 책상 이쪽 끝에서 저쪽 끝으로 옮기며 릴리는 나를 쳐다보지 않고 말했다. "저는 잘 모르겠습니다, 부인."

릴리가 분명 알고 있을 것 같았지만 말해봐야 소용 없었다. 나라면 아무에게도 보이고 싶지 않은 그림을 어디다 둘까, 생각하면서 나는 다시 침실로 건너가 가구 뒤편을 살펴보기 시작했다.

서랍장과 옷장 뒤에서 묵직한 종이를 여러 장 발견 했다. 크기도 꽤 컸고 전부 벽에 기대어져 있었다.

"릴리," 나는 하인을 불렀다. "내가 이거 꺼내다 어디 손상시키기라도 하면 안 되니까 이리 와서 좀 도와줘요."

시무룩한 표정으로 릴리는 조용히 다가와 나와 함께 가구를 조금 밀고 공간을 확보한 후 내가 가구 뒤로 손 을 뻗을 수 있도록 도와주었다. 나는 가구 뒤에서 그림 을 꺼내 환한 데서 자세히 보려고 종이 가장자리를 들 고 방 저편으로 이동했다.

하나씩 이젤 위에 놓고 보니 다른 파스텔화들이 왜 소해 보였다.

크기만 다른 게 아니었다. 이걸 뭐라고 해야 할지 모 르겠다. 성격이라고 해야 하나? 액자에 넣어 벽에 걸어 둔 분홍칠, 파랑칠을 해놓은 그림과는 성격이 전혀 달 랐다. 목탄화는 파스텔화처럼 뽀얗게 뭉개놓은 그림자 처리 같은 건 없고 칼처럼 날카로우면서 묵직한 검은 획이 가득한 직설적인 그림이었다.

그러나 정말 충격적인 건 그림의 소재였다.

죽은 생선을 펼쳐놓은 빨랫줄 아래서 놀고 있는 더럽고
앙상한 아이들.
모자도 없이 가로등 아래 서서 바느질을 하고 있는 여자들.
수염이 덥수룩해선 담배꽁초를 줍고 있는 남자.
동전을 구걸하며 노래를 부르는 이탈리아 가족.
자갈 위에 무릎을 꿇고 신사의 부츠를 반질반질 닦고 있는
맨발의 소년.
집집마다 아픈 아이를 데리고 다니며 성냥을 파는 누더기
차림의 여성.

······등등등.

런던 거리에서 볼 수 있는, 이 도시의 가장 가난한
사람들이었다.

이렇게 대담하고 정확한 묘사라면, 눈 하나 깜짝 않
고 밝히는 이 정도의 진실이라면, 상상력의 산물이라고
할 순 없을 것이다. 이 그림들은 예술가 기질을 타고난
사람이 직접 눈으로 보고 그린 것이다. 눈과 가슴과 손
이 불꽃을 튀기며 함께 움직이는 그 느낌을 나는 알고
있었다. 영감을 받은 이 화가는 직접 자기 눈으로 보고
이 그림을 그린 것이다.

열정을 가지고.

내가 그들을 열정을 갖고 보듯이.

굶주린 중년, 노년의 여성들이 구빈원 계단에서 졸고 앉아 있는 모습을 담은 그림도 여럿 있었다. 제대로 몸을 펴고 걷지도 못 해서 '크롤러', 또는 구빈원(도스하우스-역주)을 일컫는 이름을 빌려 '도스'라고도 불리는 이들은 좀처럼 움직일 힘조차 없었다.

나는 저 사람들을 안다.

그리고 레이디 세실리도 분명 알고 있었다.

그런데 대체 어떻게?

7장

"사건 파악이 되면 라고스틴 박사가 조용히 연락을 드릴 겁니다." 나는 레이디 테오도라에게 말했다.

사건 파악을 하는 게 '라고스틴 박사'라서 다행이었다. 왜냐하면 내 머릿속은 그야말로 엉킨 털실 뭉치보다도 더 형편없이 꼬여 있었기 때문이다. 이 미스터리 실뭉치 가운데 딱 한 가닥, 회색 실만 나는 제대로 쥐고 있었다. 그 회색 실, 회색 왁스를 보면 레이디 세실리가 사랑을 찾아 야반도주를 한 건 아니란 게 분명했다. 상인의 아들과 레이디 세실리가 비밀 서신을 주고받다가 열정적으로 사랑에 빠진 거라면 레이디 세실리는 회색 대신 무지개색 실링 왁스를 썼을 것이다. 그러나 레이디 세실리는 우정의 편지만 보냈다.

레이디 세실리는 사랑을 찾아 떠나지 않았다. 레이

디 세실리가 사라진 이유는 다른 데 있었다.

어쩐지 레이디 세실리의 이상한 일기장과 관련이 있을 것 같은 느낌이 들었다. 거울로 비춰봐야만 읽을 수 있는 그 일기장 말이다.

그리고 아직은 상상조차도 도저히 할 수 없는 단계였지만 무언가 레이디 세실리의 그 특별한 목탄화와 관련이 있다는 직감이 들었다.

그 목탄화들은 대담한 터치며 소재며, 도무지 레이디답지 않은 불편한 그림이었다. 그래서 나는 그 목탄화를 침실 가구 뒤에 다시 넣어두고 레이디 테오도라에게 말하지 않았다. 아직은. 그러나 일기장은 가져가서 살펴보고 싶었다.

"저만 볼게요." 다른 듣는 귀가 없을 때 나는 얼른 레이디 테오도라에게 그렇게 덧붙였다. 레이디 세실리 방을 둘러본 이야기를 하러 드레스룸으로 레이디 테오도라를 만나러 갔을 때 그녀는 딸아이의 머리가 빗질은 잘돼 있는지, 귀는 깨끗한지 살펴보느라 여념이 없었고, 그러는 동안 그 아이보다 더 어린 남자아이 둘과 여자아이 하나가 강아지처럼 방 안을 뛰어다니고 있었다. 엄마에게 검사를 받는 소녀의 얼굴은 레이디 테오도라가 나와 함께 차를 마실 때 보여주었던 사진 속 레이디 세실리와 많이 닮아 있었다. 실제로 레이디 세실리를 포함해 모든 아이들이 어머니를 많이 닮았다. 시원한 입매, 총명하고 지적인 눈빛 등등.

내가 들어가자 레이디 테오도라는 어린 자녀들을 가정교사에게 돌려보내고 나에게 가까이 와 앉도록 손짓했다.

"일기는 저 혼자만 보겠습니다." 나는 레이디 테오도라에게 설명했다. "그런 다음 혹시 의심스러운 부분이 있다고 하면 그때 라고스틴 박사에게 전달을 하겠습니다. 표현에는 각별히 주의할 거고요."

"나도 그 일기들을 읽어보았습니다." 레이디 테오도라가 말했다. "위험하다고 생각되는 부분은 딱히 없어 보였어요. 하지만 그게 도움이 될 수도 있다고 생각하신다면야, 아무럼 보셔야지요. 조심히 간수해주실 거지요?"

그러겠노라고 레이디 테오도라에게 장담을 하곤 '라고스틴 박사'가 레이디 세실리의 얼굴을 알아볼 수 있도록 최근 초상화도 하나 달라고 부탁했다. 또 '라고스틴 박사'가 혹시나 조사를 하고 싶어 할지 모르니 레이디 세실리가 편지를 주고받았다는 그 백화점 주인 아들의 주소와 이름도 물어보았다.

떠나는 길 레이디 테오도라는 생각지도 못하게 나를 꼭 안아주곤 내 뺨에 키스했다.

그래서 라고스틴 박사의 사무실로 돌아가는 길에 나

는 뻔뻔한 사기꾼이라도 된 양 비참한 기분이 들었다. 라고스틴 박사가 어쩌고, 라고스틴 박사가 저쩌고. 나는 거짓말쟁이였고, 사라진 이 숙녀를 찾는 일은 이제 전적으로…… 내 몫이었다. 집 나온 열네 살 건방진 소녀의 몫인 것이다. 사실 런던에서 가정부로 일하거나 공장에 나가는 아이들 중 절반은 내 나이거나 나보다 어렸다. 그리고 이 나이대 아이가 범죄를 저지르고 경찰에 발각되면 감옥에도 가고 재판도 받고 '잭 더 리퍼(1888년 영국 런던의 이스트 런던 지역인 화이트채플에서 최소 다섯 명이 넘는 매춘부를 극도의 잔인한 방식으로 살해한 연쇄 살인범-역주)'와 함께 교수형에 처해질 수도 있었다. 그러나 한편으로 우리는 스물한 살이 될 때까지는 아무런 권리도, 그러니까 우리가 일하고 받는 돈에 대한 권리마저도 없었다. 그러니 어느 누군들 내가, 이 '에놀라 아이비 홈즈 메쉴리 라고스틴 부인'이, 그렇게 터무니없는 거짓말을 하리라고 생각이나 하겠는가?

비밀 출입구를 통해 내실로 이어진 방으로 돌아가 다시 아이비 메쉴리로 변장하는 동안 그런 생각들이 들었다. 가라앉은 기분은 저녁까지 나아지지 않았고, 나는 쇼핑이라도 한 것처럼 레이디 세실리의 사진과 일기장을 갈색 소포 종이에 끈으로 싸서 집으로 들고 돌아왔다.

터퍼 부인이 저녁 메뉴로 내놓은 것은 파스닙을 넣은 청어 스튜였다. 이래서 내가 살이 찔 수가 없다. 저녁을 먹은 후 나는 위층 내 방으로 올라가 따뜻한 양말을 신고 가운을 입고 난롯가에서 팔걸이의자에 편안히 앉아 손거울을 들고 레이디 세실리의 최근 일기를 읽기 시작했다.

준남작의 딸이 쓸 법한 그런 일기는 전혀 아니었다. 일요일 하이드파크에서 사륜 쌍두마차를 탄다거나 해변가에서 휴가를 보낸다거나 리젠트 스트리트에서 쇼핑을 한다거나 하는 얘기, 요즘 어떤 모자가 유행이라든가, 드레스를 새로 샀다든가 하는 얘기조차 없었다. 하다못해 친구들과 사이가 틀어졌단 얘기 같은 것도 없었다. 대신 일기 내용은 대부분 괴로운 것들이었다.

……'빈민법'과 관련해 많은 이야기를 나눴다. '구제받을 가치가 있는 빈민'과 그럴 가치가 없는 자들이라…… 눈이 멀었다거나 뭔가 장애가 있다거나, 그러니까 자기 잘못이 아닌 이유로 그렇게 된 불행한 사람들은 다른 사람들의 도움을 받을 가치가 있지만 신체적으로 아무 문제가 없는 사람들은 윤리적으로 문제가 있고, 게으른 것이기 때문에 도와줄 생각을 할 필요도 없다는 게 아빠 말씀이었다. 구걸하는 거지들은 타성에 젖은 거니까 매질을 해 도시에서 계속 쫓아

내든가 아니면 구빈원에 보내야 한다고 했다. 하지만 노동이라는 게 그렇게 중요한 것이라면, 그렇다면 왜 구빈원에선 하루 종일 열심히 일한 사람들한테 묽은 죽을 먹으라면서 벌을 주는 거지?

……사회진화론과 적자생존의 법칙에 따르면 '구제받을 가치가 있는 빈민'이라는 종족은 없어야 맞는다. 스스로를 부양할 수 없는 것으로 판명된 사람들은 자연의 뜻에 따르면서 더 우수한 사람들을 위해 길을 내주어야 한다. 작위가 있는 이 상류계급이 바로 그 예시인 걸까? 우리 같은 사람들은 셰익스피어를 인용하고 피아노로 쇼팽을 연주하고 장갑을 더럽히지 않고 차를 마실 수 있기 때문에?

그럼 아기들은? 진화론의 선택적 과정에 굴복한 대부분의 가난한 이들은 이미 아이를 낳았다. 그럼 이 아기들은 버려지고 죽어야 하나?

……아빠는 이스트엔드의 평민들이 스스로 조합을 만들거나 시위를 조직할 정도의 지성을 갖고 있지 않다고 하셨다. 그러니까 이런 상황들은 결국 외부의, 외국이나 적국의 영향이 크다는 거고, 경찰은 더 심각한 시위나 혼란을 예방하기 위한 차원이라는 구실로 유혈사태를 정당화한다. 아빠도 공

장 노동자들이 돼지우리보다 못한 곳에 살면서 채찍질을 당하며 일하는 갤리선 노예들처럼 쓰러질 때까지 힘들게 일한다는 건 인정한다. 하지만 아빠는 이들이 더 나은 대우를 받을 자격이 있다고 생각하진 않는 것 같다. 우리하곤 다른 사람이라고 생각하는 것 같다. 두 손을 무릎 위에 모으고 다정한 미소를 지으며 아빠 말씀을 듣고 있기가 괴롭다…….

레이디 세실리의 일기를 읽고 나서도 나는 여전히 사기꾼 같은 기분이 들었다. 한편으로는 레이디 세실리의 관점에 동의하면서도 머리가 도통 돌아가질 않았기 때문이었다.

잠을 자야 했다. 셰익스피어의 말을 빌리자면 엉클어진 근심, 걱정을 풀어줄 잠이 필요했다. 아니, 내 상황에 빗대어 말하자면 엉켜 있는 털실 바구니 같은 내 머릿속을 잠이 정리해줄 것이다.

그렇게 그날 밤은 수녀복을 입고 야간 외출을 하지 않았다. 나 자신에게는 무서워서 그런 건 아니라고 해뒀다. 대신 나는 잠을 잤다.

한 10분 지난 것 같은데 일어나 보니 아침이었다.

잠을 푹 자고 나니 어쩐지 복잡한 머릿속이 정말 알아서 좀 정리가 된 것 같았다. 드문 일이었다. 그리고 어떤 논리가 섰다. 그러니까 이런 식이다.

나는 런던에 왔다. 런던의 빈민들을 보았다. 그들을 도와야겠단 생각이 들었다.

목탄화로 미루어볼 때 레이디 세실리도 빈민들을 분명 보았다. 쉽지 않은 일이건만 어떻게 그런 일이 가능했는지, 이 일기를 쓰기 전이나 후에도 그렇게 빈민들을 만날 수 있었는지 아직은 알지 못했지만(어떻게 해서인지는 내가 찾아낼 거다), 이 어린 숙녀는 하여간 빈민들 사이를 걸어본 적이 있었다.

레이디 세실리도 나처럼 그 사람들을 도와야겠단 생각이 들었을까?

레이디 세실리도 나처럼 자신의 의지로 집을 나온 걸까?

* * *

아이비 메슐리로 출근해 조간신문을 훑어보았다. 엄마에게 온 소식은 없었다. 신문은 난롯불에 던져버린 후차를 마시려고 벨을 울렸다.

한편 곰곰이 생각하다 레이디 세실리의 사진과 폴스캡 판 종이 한 뭉치도 꺼냈다. 사진을 보며 나는 레이디 세실리를 연필로 슥슥 그려보았다. 그런 다음 사진을 치우고 내가 본 다른 레이디 세실리의 사진, 서로들 많이 닮았던 레이디 테오도라와 알리스테어가 자녀들 모습을 떠올려보며 이 모든 이미지들을 종합해 레이디 세실리의 얼굴을 다시 그려보았다. 다시, 또다시 나는 레이디 세실리를 스케치했다. 귀족들의 화려한 옷이나 보석이 없는 그냥 맨 얼굴만, 여러 각도에서 그려보았다. 내가 레이디 세실리를 직접 만나본 것 같은 기분이 들 때까지.

그림을 그리는 데 열중해 조디가 차를 들고 들어오는 줄도 몰랐다. 인기척도 못 느꼈던지라 내 어깨 뒤에서 쩌렁쩌렁 울리는 조디 목소리에 깜짝 놀랐다. "그림을 이렇게 잘 그리시는 줄 몰랐습니다!"

조디 녀석이 그런 평가를 할 입장은 아니었지만 내가 깜짝 놀라 진정할 시간이 필요했기 때문에 조디는 나무람을 면했다. 그리고 내가 진정을 되찾는 그 순간 조디가 다시 입을 열었다. "본 적이 있는데." 조디는 차를 들고 온 쟁반을 내려놓고 흰 장갑을 낀 짧은 검지로 내가 그린 레이디 세실리를 가리키며 말했다.

말도 안 된다. 아무렴 그럴 리가······

잠깐.

"정말?" 조디의 말에 무심한 듯하게 말하려고 애를 썼다. 조디든 다른 하인들이든 내가 너무 날카롭게 질문을 하면 오히려 주눅이 들 테니까 말이다. 나는 아무

관심도 없다는 듯한 톤을 유지했다. "이름이 뭔데?"

"그렇게 아는 건 아니고요. 그냥 어디서 본 적이 있어요."

"어디서였는지 혹시 알아?"

"기억이 안 나네요."

나는 고개를 돌려 조디를 쳐다보았다. 조디는 시선을 저 멀리 두고 서서 마치 꿈이라도 회상하는 듯했다.

"마차에 타고 있었어?"

조디는 아리송한 표정으로 천천히 고개를 젓다가 마침내 생각이 난 것 같았다. "아니요, 레이…… 아니, 미스 메슐리. 길모퉁이에 서 있었어요."

"어디 길모퉁이? 피카딜리? 트라팔가 광장? 세븐 다이얼스?"

"모르겠어요."

"뭘 하고 있었는지 기억나? 쇼핑?"

"아니요, 그런 것 같진 않았어요……." 확실하지 않다.

이젠 인내심이 슬슬 바닥났다. "성냥이라도 팔았어?" 나는 빈정댔다. 당연히 말도 안 되는 소리였다. 구걸하는 거지들이나 파는 게 성냥이다.

104

그러나 조디는 잠깐 놀란 것 같더니 이렇게 중얼거렸다. "성냥. 운동."

바보 같은 녀석. 성냥불을 켜려면 당연히 손을 움직

여야지 그럼. 간신히 표정 관리를 하고 더는 못 참겠다 싶은 심정을 겉으로 드러내지 않으려고 노력하면서 나는 질문을 바꿨다. "옷차림은 어땠어?"

조디는 당연히 대답을 못 했다. "바구니를 들고 있었어요." 조디가 말했다.

내가 보기에 런던 서민들 절반은 바구니를 들고 다녔고, 나머지 절반은 수레를 끌고 다녔다. 서민들은 그날 벌어 그날 먹고사는 그런 생활을 했다. 대부분 음식을 넣어둘 냉장고도 없고 저녁을 준비할 주방 불도 없어 노점상에서 산 더러운 음식들을 먹었다. 가난한 사람들이 다른 가난한 사람들에게 기대 사는 것이었다. "바구니엔 뭐가 들어 있었는데? 뭔데?" 이제 나는 참으로 놀라고 어이가 없어 그렇게 말했다. 벼룩만큼이나 뇌가 작은 이 녀석이 분명 잘못 봤을 테니까. "롤 푸딩이라도 들었든?"

"아니요, 미스 메설리. 그런 건 아니었어요. 종이 같았어요."

"신문을 팔고 있었단 거야?"

그 이상 입을 열어선 안 됐는데…… 아니면 최소한 화가 좀 진정될 때까지 기다렸어야 했다.

"아니요, 레이…… 음, 미스 메설리." 겁먹은 조디는 이제 별로 도움이 안 될 것이다.

105

실제로 몇 가지를 더 물어봤지만 조디에게서 더는 들을 만한 얘기가 없었다. "그 정도면 됐어. 고마워, 조디."

조디가 자리를 뜨고 나서 나는 험한 말을 중얼대며 이 대화를 머릿속에서 지워버렸다. 미련한 이 녀석은 다른 예쁜 소녀와 착각한 게 틀림없다.

차를 마시며 나는 잠시 내 그림을 감상했다. 그런 다음 그림을 불 속에 던져 넣고 나서 다시 레이디 세실리 문제로 돌아갔다.

지금까지 상황을 살펴볼 때 레이디 세실리가 사랑을 위해 야반도주를 했다는 그런 말도 안 되는 가설은 지워버렸다. 게다가 사랑의 도주라면 잠옷을 입고 갔을 리가 없다! 그렇게 연애에 폭 빠져 있었다면 오히려 제일 예쁜 옷을 골라 입고 기다렸겠지.

하지만 레이디 세실리의 행동은 로맨틱한 것보다는 런던의 가난한 동네와 오히려 더 관련이 있어 보였다. 하지만 말이 안 되는 건 여전했다. 그렇다 해도 레이디 세실리가 잠옷을 입고 나가진 않았을 터이다. 혹시 레이디 세실리가 더 수수한 옷차림을 하고 나가면서 위장 목적으로 잠옷을 입고 나간 것처럼 보이게 한 거라면……

잠깐, 레이디 세실리가 그럼 자다가 납치된 건가?

그리고 강요에 의해 사다리를 타고 내려갔다고? 말도 안 된다. 개인적으로 사다리를 타본 적이 있는데 그건 불가능한 얘기다.

창문에 있던 사다리가 눈속임이었을까?

만약 레이디 세실리가 자의로 집을 나간 거라면 어떻게 준비를 한 거지? 누가 도와줬을까?

의문점은 너무 많았고 답이 나와 있는 건 거의 없었다.

곧 다시 종을 울렸다.

조디가 들어왔다. "조디, 마차를 좀 불러줘."

미스 메헐리는 쇼핑을 갈 생각이다.

그러나 평소 내가 자주 찾는 그런 곳은 전혀 아니다. 나는 1.6킬로미터에 6펜스를 받는 마차를 타고 가까운 기차역에서 내렸다. 목적지가 조금 거리가 있어 평소 타는 것보다 저렴한 기차를 이용했다. 오늘 찾아갈 곳은 런던 북부에 있는 특별한 상점, 에벤제르 핀치 앤선 엠포리움이었다.

개인적으로, 정교하긴 해도 가장 과대평가됐다고 생각하는 세인트 판크라스 역에서 내려 몇 블록 걸어갔다. 평범한 사무직 여성 아이비 메헐리는 치마가 발목은 덮되 흙바닥에 끌리진 않았고, 노골적인 시선은 아니더라도 음흉한 시선을 끌었다. 이 동네엔 나를 쳐다보며 무슨 일이 생겨도 내 탓이라고 할 그런 톱햇 쓴 신사들은 없었지만 대신 가게 문간에 서서 나에게 추파를 던지는 노동계급 남자들이 있었다. 그중 하나는 내 앞에서 알짱대기도 했다. "예쁜 아가씨, 안녕? 뭘 그리 바삐 가시나? 우리 잠깐 얘기나 좀 하지."

아무것도 못 들은 척 나는 시선도 주지 않고 그를 지나쳤다. 그 사람이 날 따라오지 않아 다행이었지만 가끔은 그런 경우도 있다고 들었다. 실제로 슬럼가에서 일하는 젊은 여자는 도시의 거리를 지나가는 그 어떤 정숙한 여자들보다도 더 평정을 유지했다. 나는 목적지에 도착하기까지 귀찮은 남자들은 좀 무시할 필요가 있단 사실을 깨달았다.

에벤제르 핀치 앤 선 엠포리움에 도착하자 나는 눈이 왕방울 만해졌다. 그 정도 대규모의 돌출형 창문은 처음 봤다. 최신 유행 아이템을 장착한 반짝반짝한 황동 마네킹을 그렇게 많이 본 것도, 그렇게나 화려한 색들이 가득한 놀라운 곳도 처음이었다.

엠포리움 안으로 들어가자 나한테는 더 큰 문화충격이 왔다. 내가 생각하는 쇼핑이란 이를테면 조명도 별로 없는 작은 문구점, 약재상, 직물점 같은 곳에 들어가서 카운터 너머 검은 양복을 입고 있는 주인아저씨에게 뭐가 필요하다고 이야기를 하면 그 아저씨가 창고에서 제품을 꺼내오거나 아니면 주문을 받든가 하는

식이었다. 쇼핑은 논리적인 순서에 따른 지루한 일이었다. 하지만 이 에벤제르 핀치 앤 선 엠포리움은 낮에도 가스등에 불이 전부 켜져 있고 지루함과는 전혀 거리가 먼, 논리적인 쇼핑이 불가능한 곳이었다. 판넬로 된 벽과 바니시칠이 된 목재 카운터, 심지어 천장에까지 엄청나게 다양한 제품들이 걸려 있었다. 옷감, 온갖 장식재, 모자와 장갑, 솥이라든가 공구며 자물쇠, 나무 장난감과 장난감 병정들, 온갖 부엌 날붙이류며 양동이, 물뿌리개, 모자와 앞치마 그리고 연철 소재 코트걸이, 도자기 조각상, 특별한 날 입는 의상, 꽃과 리본, 레이스와 시폰 옷감들까지 무슨 시각의 소용돌이를 겪고 있는 듯했다.

처음에는 온 사방에서 형형색색으로 반짝이는 것들이 여기저기 가득해 여기가 어딘지 도저히 정신을 차릴 수가 없었다. 마치 최면술사가 흔드는 회중시계마냥 어느 쪽으로 시선을 돌리든 무언가 빛나는 것이 나의 '활력'을 빼앗아가기라도 하는 것 같았다. 그러나 애써 정신을 차리고 주변을 둘러보니 제품군별로 진열된 위치가 다르고 각 코너를 담당하는 직원들도 따로 있다는 게 눈에 들어왔다. 직원들 대부분은 여성이었는데 그 점이 다행스러웠다. 코너별로 카운터 뒤로 이어지는 공간이 1킬로미터는 족히 넘는 것 같았다. 이런 상점이라면 클 수밖에 없었고 가게라고 할 수 없었다. 실제로 내가 '백화점'을 경험해본 건 이날이 처음이었다.

이곳에서 계속 일한다면 어떻게 될까 궁금했다. 모자를 만드는 사람들은 미쳐갔고 그림을 그리는 사람들은 독살됐다. 면직공장 노동자들은 아프거나 죽거나 아니면 성장이 멈췄다. 이 '엠포리움'이라는 곳도 어쩐지 건강하단 느낌이 들지 않았다. 예쁜 것들이 이렇게나 많다면 신체는 아니어도 정신적으로 뭔가 영향을 미치지 않을까?

문 바로 안쪽 잘 보이는 자리에 이 상점의 사장인 에벤제르 핀치와 아들의 사진이 걸려 있었다. 일단 이런저런 생각은 접고 나는 부자의 사진을 주의 깊게 살펴보았다. 부친 에벤제르 핀치보다는 특히 아들 쪽을 말이다.

알렉산더 핀치.

소위 레이디 세실리 알리스테어를 유혹한 것으로 소문이 자자한 바로 그 남자였다.

8장

장식 액자 속 사진에서 그는 지극히 평범해 보였다. 정말로, 너무 특징이 없어서 어디선가 본 적이 있는 사람 같은 인상까지 주었다. 카메라 앞에서 포즈를 취하면 멍한 표정이 나오기 일쑤라, 그래서 그런 것 같았다.

나는 뭔가 살 게 있는 사람처럼 주변을 두리번거리며 만화경 같은 가게 속으로 더 깊숙이 들어갔지만 실상은 알렉산더 핀치를 찾으려는 목적이었다.

어떤 사람인지 좀 알아보려면 직접 한번 봐야겠단 생각이 들었다. 혹시 그가 레이디 세실리의 실종과 관련이 있는 거라면 또 어느 정도로 개입돼 있는지도 확인하고 싶었다.

다행히 금세 그를 찾았다. 어디서 쩌렁쩌렁한 호령이 들려왔기 때문이었다. "창가 디스플레이가 저게 뭐

111

냐! 원숭이도 너보단 낫겠다, 알렉산더!"

소리가 들리는 쪽으로 시선을 돌리자 사무실이 눈에 들어왔다. 엠포리움 가장 깊숙한 구석에서부터 가게 구석구석 결제대금 수취를 위한 공기관이 꼭 문어발처럼 뻗어 있었다. 주인의 사무실일 것이다. 사업장을 한눈에 지켜보기 위한 커다란 창문 너머로 아들에게 일장연설 중인 에벤제르 핀치가 보였다.

"……요란한 무정부주의자들이나 좋아할 색이야." 아버지는 손가락질을 해가며 아들에게 불호령이었다. "당장 더 고상한 걸로 바꿔."

"네, 알겠습니다." 양손을 가지런히 모으고 서 있는 아들 핀치는 전혀 아무런 감정도 드러내지 않았고 얼굴에는 분노의 기색조차 없었다.

"문밖으로 나갈 생각은 추호도 말아. 알겠어?"

"네, 알겠습니다."

"이건 당장 처리하고, 다 끝나면 얘기해."

아버지 핀치의 말이 끝나자 알렉산더 핀치는 고개를 끄덕해 보이곤 사무실을 나섰다.

서둘러 성큼성큼 걸음을 옮겨 가게 위층으로 이어지는 황동 난간 계단 아래서 간신히 알렉산더 핀치를 마주칠 수 있었다. 나는 가쁜 숨을 고르며 말했다. "죄송하지만, 핀치 씨……."

"뭘 도와드릴까요?"내 말에 멈춰 선 핀치는 친절했고 기분이 나빠 보이지도 않았다. 멋을 좀 냈다는 생각도 들었다. 그는 실내에서 색을 입힌 안경을 쓰고 있었다. 그리고 다른 점원들처럼 수수한 옷차림 대신 말발굽 모양 핀을 꽂은 피콕블루 애스콧타이, 흰 단추가 달린 은회색 조끼 차림에 멋들어진 커프링크스를 차고 있었다. 미스 메설리가 중저가 첨단 유행의 대명사라면 알렉산더 핀치는 딱 그 남성 버전 같았다. 그가 레이디 세실리를 유혹한 거라면 어쩌면 나한테도 관심이 있지 않을까…….

헛소리도 이런 헛소리가 없다. 레이디 세실리를 기린처럼 키만 멀대같이 큰 나 같은 사람과 비교하는 건 그녀에게 못할 짓이다.

나는 알렉산더 핀치에게 말했다. "선생님, 물건도 너무 많고 엠포리움도 워낙 넓어 뭘 어디서 찾아야 할지 모르겠어요. 혹시……." 그러고서 나는 알렉산더 핀치만 들을 수 있도록 목소리를 낮췄다. "레이디 테오도라 알리스테어께서 보내셨습니다."

그의 반응을 기다리며 내 심장 박동은 빨라졌다.

하지만 알렉산더 핀치는 아주 희미하게 조금 놀라는 기색 정도만 보였을 뿐 거의 반응이 없다시피 했고, 놀란 기색마저도 얼마 가지 않았다. 어쨌든 변장한 내 모습에 속아 넘어간 알렉산더 핀치는 얼른 평정을 되찾았다. "이쪽으로 오시죠. 제가 안내해드리겠습니다."

그는 나를 다시 가게 안으로 이끌었다. 우리는 여러 코너를 지나쳐 갔다. 괴상하게 툭 잘라놓은 나무 손 모형에 장갑을 끼워 진열해놓은 뒤로 매력적인 여직원이 서 있는 코너도 있었고 노처녀 점원이 어느 부부에게 주철 난로를 보여주는 코너도 지나쳤다. 몇 코너를 더 지나쳐 그는 호리호리한 어린 여직원이 서 있는 코너로 갔다. 알렉산더 핀치가 그 직원에게 말했다. "비켜."

비록 별다른 감정은 느껴지지 않는 낮은 톤의 목소리였지만 직원은 눈이 커다래져서 미소나 말 한마디 없이 후다닥 사라졌다. 알렉산더 핀치가 무서운 걸까? 어쩌면 평소에도 그랬는지 모른다. 어쨌거나 아름다운 갈색 눈을 가진 그 직원은 아직 어린 친구였고 알렉산더 핀치는 이 엠포리움 주인의 아들이었으니까.

알렉산더 핀치는 직원이 자리를 비켜준 코너의 카운터 뒤로 직접 들어가 나에게 말했다. "최근 유행하는 여성용 신발은 여기 다 있답니다."

그냥 가만히 서서 알렉산더 핀치와 이야기를 나눴다면 부적절해 보였을뿐더러 주변의 시선을 끌었을 것이다. 그러나 우리는 카운터를 사이에 두고 이야기를 했고 누가 봐도 그는 내 결정을 기다리며 철저히 고객 응대를 하고 있는 듯 보였을 것이다.

시간을 낭비할 수 없었다. "레이디 테오도라께서 직접 나서셨어요." 나는 설명했다. 혹은 그렇게 이야기를 꾸며냈다. "비공식이긴 하지만 여성으로서 직접 사라진 레이디 세실리를 찾아보려고 하고 계세요."

"그렇군요. 봄에 신을 것을 찾으신다는 거죠?" 카운터 아래와 뒤편에 있는 깊은 서랍 중 몇 개를 열어 그는 가느다란 굽의 엷은 황갈색 부츠, 앞쪽에 단추가 달린 회색 진주빛 부츠, 끈을 묶는 갈색 부츠를 꺼냈다.

신발들은 다 품질이 좋았고 디자인도 예뻤지만 나는 이야기를 나누며 그냥 보는 척만 했다. "우습게 생각하실지 모르겠지만 레이디 테오도라께서는 그래도 시도는 해봐야 한다고 생각하셔요. 아시겠지만 경찰은 전혀 도움이 안 됐거든요."

"그렇겠죠. 경찰이 하는 일이라곤 날 감시하는 것뿐이고 우리 아버지는 내가 문밖으로 한 발짝도 못 나가게 나를 들들 볶고 있지요."

그의 말투는 이번에도 다른 말을 할 때와 마찬가지로 침착했다. 지금까지는 좋은 쪽으로든 나쁜 쪽으로든 알렉산더 핀치가 어떤 사람인지 전혀 감을 잡을 수 없었다.

"부모님과 함께 사시나요?" 달리 뭘 물어봐야 할지

115

몰라 그렇게 물었다.

"아니요, 다른 점원들과 함께 지냅니다."

가게 위에 기숙사가 있는 모양이었다.

"그럼 아버지 잔소리를 피할 구석은 있겠네요. 부친께서는 왜 그렇게 선생님께 화가 나셨대요?"

"왜냐하면, 우리 아버지 말씀을 전하자면 제가 제 지위를 망각하고 모든 사람들을 동등하게 대해서랍니다." 그는 카운터 반대편, 그러니까 내 옆에 있는 나무 의자를 가리켜 보였다. "저기 가서 앉아보시겠습니까, 레이디?"

"오, 아니에요!" 나는 갑자기 무릎에 힘이 빠져나가 털썩 주저앉았다. "저는…… 저는…… 저는 전혀 그런 계급이 아니고……."

"겉으로 보이는 모습은 어떨지 몰라도 레이디의 말투에서 배어 나오는걸요."

원래 작위가 있는 가문 출신도 아니고 후천적으로 작위를 부여받은 집도 아니지만 어쨌거나 우리 아빠는 향사(기사knight보다 한 단계 낮은 젠트리 계급-역주)였기 때문에 돈을 벌기 위해 노동을 하지 않아도 되는 젠트리 계급의 일원이긴 했다. 옷에선 안 보였을 텐데, 억양 때문에 출신이 드러났다. 자리에 앉아 있는데 자책감이 밀려왔다. '더 조심해야겠어.' 내가 야간의 수녀는 입을 열지 않는 것으로 설정을 한 것도 다 이런 이유에서였다. 목소리 때문에 내 정체가 탄로 날 수도 있기 때문에.

그와 동시에 레이디 세실리가 왜 이 남자와 편지를 주고받기 시작했는지 이해할 수 있었다. 그는 평범한 겉모습 이면에 대단한 지성을 갖추고 있었고, 그리고 뭐랄까, 딱 꼬집어 말할 수 없는 무언가가 있었다.

실제로 잠깐이었지만 그가 팔꿈치를 기대고 몸을 내 쪽으로 기울이며 색안경 너머로 나를 살펴본 순간이 있었는데 어딘가 굉장히 불편한 느낌이 들었다. 정작 나는 그 색안경 때문에 그의 눈이나 표정을 제대로 읽을 수 없었고 말이다.

내가 그의 시선을 피하자 청년의 얼굴에 슬쩍 웃음이 비쳤다. 히죽 웃는 그 표정은 뭔가 알고 있다는 눈치였다. 어쩌면 내가 이겼다, 뭐 이런 느낌? 알렉산더 핀치가 물었다. "우리 전에 만난 적이 있는 것 같은데요. 성함을 여쭤봐도 되겠습니까?"

"여쭤봐도 되죠." 나는 최대한 절제된 톤으로 대답했다.

내가 대답을 하지 않을 것임을 그가 깨닫기까지는 약간의 시간이 흘렀다. 그런 다음 그는 더는 내 이름을 묻지 않았다. "개인적으로는 단추 쪽보다 끈이 훨씬 낫다고 봅니다." 그는 갈색 부츠를 들어 보이며 말했다. "스타일도 단추 달린 쪽보다 신선하고 끈을 조이면 발에 착 붙는 착용감도 더 좋고요." 어쩌다 한 번 보일까 말까 한 신발에 뭐 굳이 그런 것까지 챙기나 싶었지만 어쨌거나 이 남자는 그런 데까지 다 신경을 쓰고 있었다. 하지만 그가 그렇게 설명하는 것을 듣고 있자니 어딘가 이상한 기분이 들었다. 끈이 있으면 더 좋은 점을 설명하며 끈을 당겨 시연을 해 보이는데, 꼭 개미허리를 만들려고 코르셋 끈을 당기는 하녀처럼 그는 발목 부분에서 끈을 꽉 조이며 개미발목을 만들고 있었다.

그가 뭘 해 보이든 나는 제대로 보지 않았다. "그렇군요." 내 관심은 그의 평범하고 둥근, 안경 쓴 그 얼굴에 머물러 있었다. "제가 레이디라면 선생님은 스스로 신사라고 생각하시나요?"

"제가 하고 싶은 말이 바로 그겁니다. 이 나라는 사람들을 계급에 따라 평가하는 데 집착해요." 그는 갈색 부츠의 끈을 계속 조이며 말했다. "어째서 근검하고 이성적이고 부지런한 다른 노동계급 사람들보다 한량인 귀족 계급이 더 젠틀맨 취급을 받지요?"

그런 충격적인 내용의 대화를 나누는 동안 나는 그의 평온한 겉모습 아래 숨은 열정을 감지했다.

대화가 어디로 튈지 알 수 없었지만 나는 조심스레 물었다. "그럼 민주주의를 지지하시나요?" 그가 그렇다고 대답한다면 여성참정권자 엄마를 둔 나조차도 깜짝 놀랄 것이다.

그러나 그는 대답했다. "저는 그렇게 규정짓는 행위를 다 싫어합니다." 실제로 그는 거의 비웃고 있는 것처럼 보였고 갈색 부츠는 끈을 얼마나 조였던지 거의 무슨 목이 졸린 것 같은 모양이었다. "저는 누구든 어떤 그룹으로 규정짓지 않고 모두와 친구가 될 겁니다." (그는 거의 증오에 차서 말했다.) "도움이 필요한 사람이 있다면 부엌데기든 누구든 다 도울 거고요……."

그가 잠시 말을 멈춘 틈을 타 내가 잽싸게 물었다. "레이디 세실리가 도움이 필요했나요?"

거칠던 목소리가 누그러졌다. 최소한 한층 낮아졌다. "자전거 바퀴에 펑크가 났어요. 그게 답니다. 심부름을 가야 할 일이 있어 서두르던 길이었는데 레이디 세실리의 자전거 바퀴에 문제가 있었고, 제가 갖고 있던 도구로 수리를 해주면서 그렇게 이야기를 나누게 된 겁니다."

"알렉산더!" 멀지 않은 곳에서 불호령이 들렸다.

의뭉스러운 이 남자가 옅은 황갈색 부츠를 들어 보였다. "주문을 하시려면 저희에게 오른쪽 발 사이즈를 알려주시면 됩니다."

에벤제르 핀치 씨가 나타나선 버럭 성을 냈다. "알렉산더, 내가 뭐라고…… 아." 그러더니 말을 뚝 끊었다.

"고객님이 계셨구나."

아버지는 성질머리가 저렇게 불같은데 아들은 또 저렇게 금욕주의자라니 참 이상하다는 생각이 들었다. 금욕주의자 정도가 아니었다. 거의 목석같았다.

아버지의 방해는 개의치도 않고 남자는 다시 나에게 이야기를 계속했다. "레이디 세실리는 진지한 스타일이었습니다. 그녀는 『자본론』을 읽고 있었고 우리는 다수의 착취에 대해 이야기했죠."

『자본론』? 그 책에 대한 소문은 들은 적이 있었다. 충격적이라고, 아니 충격을 넘어 아주 불온하고 그야말로 개탄스럽다고까지 했다. 그러나 그런 주제들에 대해 이야기할 때는(예를 들면 "불명예스러운 삶"처럼) 당최 직접적으로 말을 하질 않으니 나는 『자본론』의 실체에 대해서는 정말 아무런 힌트도 없었다.

그러나 알렉산더 핀치는 내가 이해를 하든 말든 계속 이야기를 이어나갔다. "레이디 세실리는 우리가 만난 게 아주 행운이라고 생각했어요. 저에게 프롤레타리아 계급을 보고 싶다고 했지요."

프롤레타리아? 공공기관인가?

"가정부들, 가게 점원들, 기술자들, 이런 사람들 말고 정말 힘들게 일하고 짓밟히는 공장 노동자들을 보고 싶어 했어요." 알렉산더 핀치가 말을 계속했다. "자연히 저는 레이디 세실리를 도와주었습니다. 편지를 주고받았고 얼마 후엔……."

"아!" 내가 끼어들었다.

"죄송하지만 뭐가 잘못됐나요?"

"아니에요." 드디어 레이디 세실리의 목탄화가 어떻게 그려지게 된 것인지 알았다. "그럼 레이디 세실리를 부둣가로, 구빈원으로, 세인트 자일즈로, 빌링스게이트 수산시장으로 데려가신 게 핀치 씨였군요."

"그걸 어떻게 아셨죠?" 지금껏 새 치즈처럼 구김살 없던 그의 눈썹이 찡그려졌다. "맞습니다. 그랬죠. 레이디 세실리는 친구들과 자전거를 타러 간다고 하고 절 만나러 나왔고, 저는 그녀가 이 세계적인 도시 런던에서 대부분의 사람들이 어떻게 살고 있는지 볼 수 있게 안내를 해주었죠."

마르크스. 이제 떠올랐다. 『자본론』을 쓴 게 이 형편없는 칼 마르크스라는 사람이었다. "레이디 세실리가 마르크스주의자였나요?" 다만 이 단어는 큰 소리로 말하면 안 되는 거라 나는 목소리를 낮췄다.

"말씀드린 것처럼 저는 그렇게 사람을 규정하지 않습니다." 알렉산더 핀치는 대놓고 내 지성을 비웃었다.

"죄송합니다." 나는 순순히 사과했다. 홈즈가의 불명예스러운 존재라는 성장배경 덕분에 나는 누가 날 내리깔아보는 데에는 익숙했다. (하지만 이번엔 정말 말 그대로였다. 내가 의자에 앉아 있고 알렉산더 핀치는 카운터 뒤에 서 있었으니까.) "자꾸 이렇게 질문 세례를 퍼부어서 정말 죄송합니다. 하나만 더 여쭤볼게요. 레이디 세실리가 왜 그, 프롤레타리아라는 걸 보고 싶어 했나요?"

"왜라…… 당연히 다른 데선 배울 수 없는 지식이기 때문이지요. 레이디 세실리의 질문은 끝이 없었습니다. 전당포는 왜 그렇게 많은지, 우유 파는 아가씨는 왜 뒤에 나귀를 끌고 다니는지, '드리핑(동물성 기름-역주)'은 뭐고 그건 또 어디서 나오는 건지, 왜 아이들이 골판지 상자를 만들고 가난한 여자들이 손바느질로 삼베 자루를 만드는지, 그런 것들이요."

"하지만 레이디 세실리가 그런 것들을 궁금해하는 이유가 있었을 텐데요. 레이디 세실리는 무슨 생각이었던 건가요?"

여전히 차분한 목소리였지만 그가 불쾌해하는 게 여실히 느껴졌다. "날 이용해 먹으려고요."

전혀 기대한 대답이 아니었다. "그게 무슨 말씀이시죠?"

"그게 무슨 말씀이라니요?" 그는 내 말투를 따라했다. "레이디 세실리는 사라졌고 나는 온갖 비난이란 비난은 다 받고 있죠."

뭐라 해야 좋을지 알 수가 없었다. "어쩌면 레이디 세실리는 알렉산더 핀치 씨에게 화살이 쏟아질 거라고 생각 못 했을 수도 있죠."

"그럼 왜 사다리를 놓은 거죠?"

나는 대답하지 않았다. 사다리가 왜 거기 있었는지는 뻔했다. 사다리가 거기 있었기 때문에, 레이디 세실리를 달콤한 파스텔화만 그리는 어린 숙녀로만 알고 있었던 가족들 눈에 딸이 외간 남자와 사랑의 도피를 한 것으로 보일 터였다.

현실은 마르크스를 읽고 무엇이든 받아들일 수 있는 성숙한 숙녀였는데 말이다.

나는 알렉산더 핀치에게 물었다. "레이디 세실리가 핀치 씨께는 전혀 비밀 얘기를 하지 않았나요? 어디로 갔는지 전혀 모르세요?"

"그 문제라면 저는 전혀 모릅니다." 남자는 마치 일렬로 행진하는 것처럼 부츠들을 나란히 줄 맞춰 세웠다. "다만 저는 레이디 세실리가 문으로 걸어 나가면서 직접 자기 방 창문에 그렇게 사다리를 놓은 것이라고 생각합니다."

123

9장

세인트 판크라스 역으로 돌아가는 길에 서점에 들렀다. "칼 마르크스의 『자본론』이요." 나는 카운터 뒤의 체격이 좀 있어 보이는 남자에게 말했다.

그는 꼼짝도 하지 않았다. 정말이지 동화에 나오는 그런 불행한 이들처럼 돌로 변해버린 것 같았다. 다만 입만큼은 열렸다 닫혔다 했다.

"대충 훑어만 보고 모직 천 같은 데 싸서 문고정 받침대로 쓰려고요." 나는 그 사람에게 말했다.

그의 입 모양으로 봐선 납득할 수 없다는 것 같았지만 이내 그가 입을 열었다. "영어 번역본으로요, 아니면 독일어 원본으로요?"

"영어본이죠, 당연히." 내가 학자처럼 보였나? 아니면 내 말투 때문인가? 아이고. 알렉산더 핀치도 눈치챘지만 상류층 억양을 쓰지 않도록 더 조심해야 한다.

알렉산더 핀치는 어떤 사람인지 판단이 서질 않았다. 그의 얼굴에서 많은 것을 읽어내진 못했지만 행동은 때때로 좀 이상했다. 부적절한 건 아닌데 미묘하게 특이했다. 그럼에도 나는 아버지의 화풀이 대상이 돼야 하는 그에게 연민이 느껴졌다. 그렇게 감정을 절제할 수 있다니 대단하다는 생각이 들었고 나에게 솔직한 이야기를 해주려고 한 게 고마웠다. 알렉산더 핀치는 레이디 세실리가 제 발로 문을 열고 나간 후 시선을 돌릴 목적으로 직접 자기 방 창가에 사다리를 놓았을 것이라고 주장했다. 설득력이 있었다. 나라면 그렇게 할 것 같았다.

그러나 무거운 짐을 들고 서점을 나서는 순간에도 여전히 내가 아는 게 별로 없다는 느낌이 들었다.

그날 저녁 방에서 혼자 『자본론』을 약간 읽어보고 나서는 더더욱 미궁이었다. '프롤레타리아'가 뭔지 그거 하나는 배웠다. 말하자면 일반 서민이었다. 아무튼, 레이디 세실리가 이 책을 읽고 마르크스주의자가 됐다고? 개인적으로 홉스, 다윈, 심지어는 윈우드 리드의 『인간의 수난』까지 다 흥미롭게 읽었지만 마르크스는, 마르크스만큼은 솔직히 읽다가 졸았다.

그것도 상당히 깊은 잠이 들었다. 이튿날 아침 나는

그렇게 극소수만이 이해할 법한 쓸모없는 책을 읽고 그 가치를 알아볼 수 있으려면 보통이 아니어야 할 텐데, 대체 레이디 세실리는 어떤 지적 소양을 갖추었던 걸까 생각했다.

알렉산더 핀치의 그 모든 충격적인 발언들을 생각하면 그는 또 어떤 책을 읽었는지도 궁금해졌다.

레이디 세실리가 정말 자발적으로 집을 나간 거라면 무슨 옷을 입고 있을 것이며 어디로 간 걸까? 그 이유는?

머릿속을 가득 메웠던 그런 의문들은 사무실에 출근해 차를 마시면서 신문을 보는 순간, 답은 찾지 못한 채 그대로 날아가버렸다. 『팰맬 가제트』의 개인광고 란에 이런 메시지가 실려 있었다.

245255 33151545 3315 4445154144
12432445244423
335144155133 21245215 45353424222345
333545231544

종이와 연필을 꺼내 알파벳을 다섯 글자씩 휘갈겨 쓴 다음 해독을 시작했다.

245255. 2열 4번째 글자는 I. 5열 2번째 글자는 V.

5열 5번째 글자는 Y.

IVY. 아이비.

나한테 보내는 메시지가 맞다!

당장 열을 올리며 암호를 풀었다. 전부 다 풀고 나니 메시지는 이랬다. '아이비 오늘 밤 5시 영국박물관 계단에서 만나자, 엄마IVY MEET ME STEPS BRITISH MUSEUM FIVE TONIGHT MOTHER.'

세상에.

세상에!

이렇게 엄마를 다시 만나게 되다니, 생각보다 이르고 갑작스럽기도 했다. 심장이 멈춰버린 것 같았다.

다시 심장이 뛰기 시작했다. 악대의 북소리처럼 심장은 힘차게 그리고 빠르게 뛰었고 한편으로 이런저런 감정이 뒤섞여 나를 휘저었다. 나는 엄마를 사랑했다. 엄마가 밉기도 했다. 엄마는 날 버렸다. 엄마는 날 구했다. 엄마는 날 사랑하지 않았다. 하지만 엄마는 나에게 엄청나게 많은 돈도 주고 엄마의 교육방식 덕분에 난 자유도 갖게 됐다. 엄마의 고집스러운 독립심, 여성의 권리를 위해 타협하지 않는…….

잠깐만.

'아이비 오늘 밤 5시 영국박물관 계단에서 만나자, 엄마.'

127

영국박물관이라고? 그 혐오스러운 곳? 엄마는 영국박물관에서 지속적으로 여성 학자들을 모욕해왔다는 이유로 영국박물관을 혐오했다. 엄마가 만나자고 한다면 절대 '영국박물관 계단'에서 보자고 하진 않을 것 같았다.

머릿속에 의구심이 들어선 바로 그 순간, 모순적이게도 마음속으로는 내가 엄마를 보고 싶어 한다는 걸 깨달았다. 간절히 보고 싶었다. 정말이지 그 메시지를 진짜 엄마가 보낸 거라고 절박하게 믿고 싶었고 영국박물관은 런던 도심에 있어 만남의 장소로 여러모로 편리하니까 엄마가 그곳을 약속 장소로 고른 거라고 스스로를 설득했다.

그러나 동시에 머릿속에서 엄마의 호령이 들리는 것 같았다. '에놀라, 생각을 하렴.'

나는 생각했다.

생각의 결과는 그다지 위안이 되지 않았다. 이 메시지는 우리가 쓰는 꽃 암호를 전혀 사용하지 않았다. 엄마는 "만나자MEET ME"라고 하지 않았을 것이다. 엄마였다면 밀회를 상징하는 별봄맞이꽃이나 겨우살이를 이용해서 암호를 썼을 것이다. 엄마는 ".엄마MOTHER"라고 쓰지 않았을 것이다. 대신 우리 사이에 엄마를 의미하는 "너의 국화가YOUR

CHRYSANTHEUMUM"라고 했을 것이다.

더는 외면할 수 없는 결론이었다. 이건 엄마가 보낸 메시지가 아니다.

그러나 여전히 나는 이게 분명 엄마가 보낸 메시지라고 믿고 싶었다. 엄마가 아니고서야 누가…….

오, 안 돼.

누군지 알겠다.

그리고 범인, 그러니까 바로 우리 천재 오빠를 떠올리자 입에서 좋은 말이 나오지 않았다. "이런 제기랄!"

마음의 동요가 심해서 평정심을 유지하기가 어려웠다. 나는 남은 힘을 모조리 짜내 간신히 정신을 집중하고 개인광고 란을 훑어보았다. 혹시 진짜 엄마에게서 온 메시지가 있을지도 모른다.

물론 그런 건 없었다. 사실 아직 답장이 올 때가 안 되기도 했다. 지난번 답장도 최소 일주일 혹은 그 이상이 걸렸다. 집시들이 어디서 어떻게 겨울을 나는지는 모르겠지만 나는 엄마가 어디 먼 시골에 있겠거니 짐작했고, 그렇다면 엄마가 평소 보는 신문과 잡지들을 우편으로 받아보는 것부터 시작해 내 메시지를 해독하고, 기차 시간표를 확인하고, 그러고 나서 답장까지 하려면 시간이 좀 필요할 것이다.

그리고 엄마가 기차를 타고 런던에 온다면 엄마는

기차역 안이나 그 주변 어딘가에서 보자고 하지 않을까? 분명 그럴 것이다.

영국박물관이라니, 사기꾼. 누군진 몰라도 엄마 입장이 아니라 자기 입장만 생각한 거다.

누군진 몰라도? 쳇. 안다. 당연히 셜록 오빠였다.

물론 대체 이런 일이 어떻게 벌어진 건지 가설을 세우고, 그런 다음은 이제 뭘 할까 결정을 하느라 몇 시간이 걸리긴 했다. 덤으로 두통도 얻었고.

다행히 라고스틴 박사의 탁월한 비서 메쉴리가 존 왓슨 박사의 주소를 알고 있었다.

이른 오후 나는 훌륭한 왓슨 박사의 병원으로 향했다. 마차에서 내려 런던 북서부의 어느 골목에 자리잡고 있는 소박한 가정집이자 의원이기도 한 건물 앞에 섰다.

사환 아이가 나를 작고 약간 허름한 대기실로 안내하며 왓슨 박사는 외출 중이신데 금방 돌아온다고, 진료는 1시부터 시작이라고 알려주었다. 조디가 이 아이의 매너를 좀 배웠으면 싶었다. 대기실 구석의 괘종시계는 1시까지 아직 15분이 남아 있음을 말해주고 있었다. 얼마든지 기다릴 수 있었다.

시계가 1시 종을 울리자 배가 나오고 살집이 있는 나이 든 여성과 절뚝이며 걷는 유니폼 차림의 수위가 대기인원에 합류했다. 그러나 내가 먼저 박사의 진료실로 안내를 받았다.

진료실도 대기실만큼이나 작았고 의자 커버며 주름 장식이며 다 좀 해져 있었다.

"아, 미스……." 친절한 눈빛의 왓슨 박사는 내게 인사를 하려고 자리에서 일어났지만 내 이름은 기억하지 못했다.

"메쉴리요. 라고스틴 박사님 사무소의."

"미스 메쉴리!" 그의 환한 미소가 평범한 얼굴을 훨씬 매력적으로 바꾸었다. "앉으세요." 그는 환자용 의자를 가리키며 다시 자리에 앉았다. "생각지도 못하게 이렇게 찾아오신 이유가 뭘까요?"

너무나도 친절한 태도와 환대 덕분에 정말로 뺨이 다 붉어졌다. 이 남자가 우리 아빠였다면 좋을 텐데.

가끔 친구가 있으면, 혹은 가족이 있으면 좋겠다고 생각한 적은 있었다. 그러니까 그렇게 다 따로따로 떨어져 사는 특이한 가족 말고 저녁때 응접실에 모여 앉아 책을 읽는 그런 진짜 가족 말이다. 하지만 아빠가 있었으면 좋겠다고 생각한 건 그때가 처음이었다. 우리 아빠는 내가 네 살 때 돌아가셨고 그 이후로 딱히 아빠를 그리워한 적은 없었다.

그러나 지금은 그리웠다.

"음, 선생님 시간을 많이 빼앗지는 않을게요." 나 스스로 이런 감정에 놀라서 조금 당황하며 말했다. "라고스틴 박사님께서, 음, 요청하신 사건을 검토하시더니 확인을 해보고 싶은 부분이 있다면서 저를 이렇게 보내셨어요."

"아무렴요. 라고스틴 박사께서 관심을 보이신다니 기쁘군요. 안 그래도 어제 라고스틴 박사 사무소에 한번 들러야겠다 생각하던 참이었는데…… 마침 미스 메럴리가 여기까지 와주셨네요. 말씀하시죠."

"라고스틴 박사님은 셜록 홈즈 씨께서 『팰맬 가제트』지의 개인광고 란에 실리는 암호 같은 메시지를 해독하시는지 궁금해하세요."

"셜록은 항상 주요 신문의 상담 코너를 전부 확인하지요." 왓슨 박사가 대답했다.

"하지만 그중에서도 무슨 암호를 찾아 푼다든가 하는 그런 일은요? 홈즈 씨 댁을 찾아가셨을 때 책상에서 뭔가 눈에 띄었다든가요?"

"아, 맞아요. 하지만 그건 아마 신문하곤 상관이 없을 겁니다. 암호라, 그래요. 하지만 그건 그냥 수채화로 꽃이 그려진 앙증맞은 작은 핸드메이드 책이었어요. 셜록이 일하는 데 쓸 법한 책은 전혀 아니었죠. 그보다 숙녀의 취미 같은 그런 책이었지요. 내가 자세히 보려고 하니까 셜록이 못 보게 하더군요."

우려하던 대로였다. 잠깐 정신이 아찔해져서 눈을 감았다.

"미스 메슐리? 아파서 오신 게 아닌 줄은 압니다만…… 괜찮으세요?"

"그냥 두통이 좀 심해서요."

실제로 머리가 엄청 아팠다. "숙녀의 취미"라는 그 책은 아마도 엄마가 나에게 만들어준 암호책일 것이다. 엄마는 내 열네 살 생일에 내게 돈을 어디 숨겨뒀는지 알려주기 위해 암호를 만들고 그 암호를 풀 수 있는 책을 주었다. 실로 이 책은 내게 있어서 엄마에 대한 가장 소중한 물건이었다. 그러나 런던에 온 첫날 책을 잃어버렸다. 내가 의식을 잃은 사이 살인자가 내 책을 훔쳐가서 이제 그 책을 영영 잃어버렸다고 생각하고 있었다.

그러나 이제 일이 어떻게 된 건지 이해가 됐다. 런던 경찰청의 레스트레이드 경감이 커터를 체포하러 갔을 때 보트의 오두막도 수색했었다. 그런 곳과는 어울리지 않는 이 책을 보고 경감은 아마 친구인 셜록 홈즈에게 보여줬겠지. 아니면 위대한 탐정께서 직접 수사차 나갔다가 그 책을 발견한 것일지도 모르고.

그랬다면 어머니 필체를 당장 알아봤을 것이다.

133

이렇게 해서 오빠들은 내가 돈을 갖고 있다는 걸 알게 됐겠지. 암호를 풀고 난 후 셜록 오빠는 고향집 펀델 홀에서 조사든 수사든 했겠지.

그러다 『펠맬 가제트』의 개인광고 란에서 '국화 chrysanthemum'니 '담쟁이덩굴ivy' 같은 단어가 등장하는 암호 메시지를 본 기억을 떠올렸을 것이다. 셜록 오빠가 그 암호 메시지들을 풀지 못했을 리가 없다. 오빠는 나와 엄마의 대화를 엿듣고 있었던 셈이다.

그리고 이제 직접 광고를 내서 나에게 미끼를 던지기까지 했다.

"미스 메셜리." 왓슨 박사가 걱정스러운 듯 말했다. "안색이 안 좋아 보여요."

맥박과 점심 메뉴를 확인하더니 왓슨 박사는 내게 진정제를 주면서 다른 환자들을 진찰할 동안 검사실 침대에 누워 있으라고 했다. 한 시간쯤 후에 왓슨 박사가 머리를 내밀고 물었다. "이제 좀 괜찮아요?"

나는 왓슨 박사가 덮어준 니트 담요를 젖히고 일어나 앉아 대답했다. "훨씬 좋아졌어요. 감사합니다, 선생님." 사실이었다. 한 시간 쉬고 나니 엄마의 얼굴도 생생히 떠올랐고 엄마가 습관적으로 하던 말도 떠올랐다. "에놀라, 넌 혼자서도 잘 해낼 거야." 그리고 그 덕분에 혼자 진정을 되찾을 수 있었다.

이제 결론을 내렸다.

그리고 계획을 세웠다.

계획을 실행에 옮기려면 5시가 되기 전에 움직여야 하는데 벌써 3시가 넘어 있었다.

왓슨 박사는 진찰료를 받지 않겠다고 했다. 나는 왓슨 박사에게 재차 감사를 표하며 의원을 나서 길모퉁이에서 마차를 잡아탔다.

"베이커 가요." 나는 기사에게 말했다.

일단 사륜마차에 올라탄 후 나는 커튼을 쳤다. 그런 다음 흔들리는 마차 안에서 아이비 메설리 변장을 최대한 떼어냈다. 싸구려 밀짚모자는 의자 아래 구겨 넣었다. 모자는 포기할 수밖에 없었다. 이마를 덮는 풍성한 가짜 앞머리와 쪽머리 가발은 떼서 주머니 속에 넣었다. 녹색 유리 귀걸이도, 초커 목걸이와 다른 액세서리도 다 떼었다. 가슴에 넣고 다니는 유용한 것들 사이에서 스카프를 꺼내 이제 아무 가발이나 장식 없는 머리 위로 둘렀다. 망토도 드레스 전부를 덮을 수 있게 여몄다. 그러나 볼과 콧구멍에 넣은 장치는 빼지 않고 둥근 얼굴형을 그대로 유지할 수 있도록 두었다.

커튼을 걷고 베이커 가 221번지 앞을 지나치는 동안 나는 오빠의 하숙집을 처음으로 주의 깊게 살펴보았다. 셜록 홈즈 같은 천재가 산다고 하기엔 가게나 다른 가정집과 별반 다를 것 없는, 번지수 있는 평범한 집이었다.

그러나 나는 마차가 다음 모퉁이를 지나기까지 기다렸다가 그제야 천장을 두드리며 내린다는 신호를 했다.

일단 다시 221번지 방향으로 걸어가면서 추위에 오래 밖에 서 있지 않을 방법을 고민했다. 또 어떻게 하면 눈에 띄지 않을 수 있을까 생각했다. 워낙 날씨가 추워서 평소보다 거리에 사람이 많지는 않았지만 소년들은 생활비를 벌기 위해 나와 신문을 팔고 있었다. "화이트 채플에서 벌어진 끔찍한 살인사건이에요. 자세한 소식 살펴보세요!" 생선 장수들도 각자의 수레를 밀었다. "신선한 청어요. 생굴이요. 쇠고등 있어요!" 그리고 긴 방수천을 휘감은 한 가난한 여성은 바구니를 들고 이것저것 팔고 있었다. "오렌지, 부츠끈, 잡동사니 있어요!"

나는 여자가 뭘 갖고 있나 가보았다. 거의 갈색으로 변한 오렌지와 부츠끈 외에 펜닦개도 있었다. 천 자체는 평범한데 모양이 정사각형이 아니라 정교한 꽃과 나비 모양이었다. "아이디어 좋네요." 나는 그렇게 말하며 하나를 손가락으로 가리켰다. "직접 만드세요?"

"네, 제가 만들었답니다, 부인. 하지만 이걸 만드느라 눈이 거의 멀고 있어요."

촛불이나 난롯불을 빌려, 아니 어쩌면 더 밝은 빛을 찾아 밤중에 가로등 아래서 바느질을 했을지도 모른다. 안타까워라…….

나는 작은 파랑새 모양의 면 재질 펜닦개를 하나 고른 후 물었다. "얼마나 팔았어요?"

"원하는 만큼은 못 팔았어요, 부인." 다 튼 입술이 떨리고 있었다. 사실 우리 둘 다 추위에 떨고 있었다. "부자 동네에선 손님들이 1~2페니씩 주시는데 경찰이 쫓아냈어요."

"그럼 이 부근에 살아요?"

"아니요, 부인. 서더크에 살아요. 하지만 그 동네에선 이걸 살 사람이 없어요."

그럴 것이다. 템스강 저편의 서더크엔 저질 극장과 도박장, 곰 싸움, 뭐 그런 것들이 판을 쳤다.

그리고 이 여자가 서더크로 돌아가면 베이커 가 주민이 이 여자를 다시 볼 일은 없을 것이다.

나는 여자에게 말했다. "전부, 바구니랑 다 해서 1기니 줄게요. 그리고 내 망토랑 당신 방수포랑 바꿔요."

137

여자는 나를 얼빠진 듯 쳐다보았지만 더 캐묻진 않을 정도의 눈치는 있었다. 여자는 엄청 기뻐하며 내 망토를 입은 후 손에 넉넉하게 돈을 쥐고 사라졌고, 나는 여자의 방수포를 입은 채 바구니를 들고 그에 걸맞게 런던 서민 억양인 코크니 억양으로 소리쳤다. "오렌지, 부츠끈, 잡동사니 있어요!"

현명한 계획이었고 나는 소기의 성과도 달성했다. 베이커 가를 45분간 왔다 갔다 하면서(그 와중에 실제로 펜닦개를 두 개나 팔았다!) 결국 셜록 오빠가 집을 나서는 장면을 포착했다.

당연히 신사 복장은 아니었다. 본인 착각이었지만 어쨌든 날 잡으러 가는 길이니 내가 설사 오빠를 알아보더라도 이미 돌이킬 수 없도록 셜록 오빠는 일단 완전히 변장을 하고 있었다. 코트 주변으로는 가죽 벨트를 둘렀고 플란넬 셔츠 차림에 눈썹까지 앞머리를 늘어뜨린 채 천 재질의 모자를 썼다. 평범한 노동자 같은 차림이었다.

영국박물관을 향해 걸으며 셜록 오빠는 나를 전혀 쳐다보지 않고 지나쳐 갔다. 오빠는 앞머리를 눈썹까지 내려뜨린 것 외에 얼굴에는 아무런 변장을 하지 않고 있었다. 매처럼 날카로운 오빠의 얼굴이 왓슨 박사의 말대로 정말 창백하고 해쓱해 보여서 가슴이 짜르르 아팠다.

조용히, 마음속으로 이상한 고통을 느끼며 나는 걸어가는 오빠를 지켜보았다.

길게 숨을 들이마시고 다시 내쉬었다.

그런 다음 움직였다.

청과상에 잠깐 들러 바구니를 내려놓은 후 발을 써서 진열돼 있는 사과 상자 아래로 바구니를 밀어 넣었다. 그러곤 양파 한 조각을 샀다.

221번지로 걸어가며 나는 양파를 손수건에 싼 후 눈에 대었고 그러자 당장 눈물이 흐르기 시작했다.

훌륭하다.

지금처럼 잔인한 겨울엔 이미 거리에 어둠이 내렸다. 분명 셜록 오빠는 자기 편의를 생각해 이 시간을 골랐을 것이다. 오빠가 박물관 계단에 도착하면 해가 완전히 저물 것이다. 그리고 박물관엔……

엄마, 제가 영 틀린 거면 어떡하죠? 엄마가 거기서 날 기다리고 있으면 어떡하죠?

이런 생각이 들자 양파가 필요 없었다. 절로 눈물이 났다.

10장

문을 두드리자 단순하지만 기품 있는 블라우스와 스커트 차림의 중년 여성이 나왔다. 그녀는 문 앞에서 울고 있는 나를 보고도 놀라지 않았다.

"셜록 홈즈 씨 계신가요?" 나는 흐느끼며 그렇게 물었다. 차림에 걸맞은 코크니 억양을 쓴다는 걸 깜박했지만 내가 울고 있어서 아마 여성은 눈치채지 못한 것 같았다.

"아가씨, 방금 나갔다우." 어깨에 숄을 두르고 나온 머리 희끗희끗한 허드슨 부인은 친절해 보였다. 물론 왓슨 박사의 글을 통해 부인의 존재는 알고 있었지만 이름까지는 기억하지 못했다.

나는 탄식을 했다. "하지만, 하지만 오늘 저녁에 그분을 꼭 뵈어야 하는데요."

"아가씨, 나는 셜록 홈즈가 언제 돌아오는지 몰라요."

"상관없어요, 저는. 저는…… 문제가 심각해요. 기다릴게요."

"하지만 몇 시간이 걸릴지도 모르는데." 숄을 두르고도 추위에 떨면서 허드슨 부인은 집안으로 몇 발짝 뒷걸음질을 치며 문 닫을 준비를 했다. "나중에 다시 오면 어때요?"

"기다릴게요." 훌쩍이며 나는 차가운 문간에 철퍼덕 앉았다.

"아이고, 아가씨. 거기서 기다리는 건 안 되죠. 얼어죽어요. 들어와요, 들어와요."

내가 바라던 대로 허드슨 부인은 위층 오빠의 거실로 나를 안내했다.

"세상에." 방 안이 어찌나 난장판인지 본분을 잊고 나는 중얼댔다. 독신남의 하숙집에 와본 건 처음이었다. 물론 (무려 페르시아제 슬리퍼 안에 들어 있는!) 담배와 (활과 함께 아무렇게나 의자 위에 널브러져 있는) 바이올린, 벽난로 위 선반의 잭나이프로 뜯어본 편지들, 총알이 지나간 자리가 선명한 벽 등등은 왓슨 박사의 글을 통해 익히 짐작했다. 그러나 꽃이라든지 레이스 달린 베개, 그런 것들이 없는 공간은 미처 생각해보지 못했다. 심지어 의자에 주름장식도 없었다.

남자가 된다는 건, 여자가 되려면 필요한 그런 능력이 부족하단 뜻인가 보다.

여기저기 널린 책들과 종이들을 보고 허드슨 부인은 혀를 끌끌 찼다. "셜록 홈즈가 옷 입는 거하며 자기 위생관리는 철저한데 집안 치우는 건 영 아니라우." 허드슨 부인은 오빠를 대신해 변명했다. "정말 신사예요. 무슨 곤란한 일인진 모르겠지만 있는 힘껏 도와줄 거라오, 아가씨. 돈 같은 건 걱정하지 말고요."

허드슨 부인의 말에 나는 다시 눈물이 고였다. 오빠가 사기꾼 같은 전략을 썼든 어쨌든 간에 그래도 나는 오빠의 모든 선의를 믿고 싶었다.

"외투를 좀 받아줄까요?" 허드슨 부인은 어깨에서 내 외투를 벗기려고 했다.

"아니요!" 나는 방수 외투를 두 팔로 움켜쥐었다. 아이비 메쉴리의 최첨단 유행 패션을 이 외투로 가리고 있었기 때문이었다. "아니에요." 나는 다시 말했다. "감사합니다. 추워서요."

"그래요, 아가씨. 그럼 앉아요." 다정한 허드슨 부인은 나를 위해 난로 부근의 팔걸이의자에서 신문을 치워주었다. "차를 좀 갖다줄게요." 허드슨 부인은 서둘러 나갔다.

허드슨 부인이 문을 닫자마자 나는 성미도 급하게

벌떡 일어나 아직 눈물이 고여 있는 눈을 깜박이며 최대한 조용히 방 안을 가로질러 오빠의 책상으로 갔다. 흐릿한 시야로 종이 뭉텅이를 슥 훑어본 후 옆으로 치웠지만 내가 찾는 건 없었다.

이제 깨끗해진 책상 위에는 램프와 문구만 있었다.

내가 찾는 그것이 방 안 어디엔가 분명 있긴 할 것이다. 아무리 바이올린을 아무렇게나 팽개쳐두는 오빠라지만 중요한 단서 같은 건 아주 조심히 간수하고 있을 거란 생각이 들었다. 나는 책상 서랍을 당겨보았다.

잠겨 있다.

방수 외투 아래서 브로치, 그러니까 단검을 꺼내 뾰족하고 얇은 칼날을 열쇠 구멍으로 집어넣었다.

솔직히 말하면 자물쇠를 따고 이런 게 처음은 아니다. 식품창고며 설탕통을 철저히 잠가두는 집에서 자란 진취적인 아이라면 자물쇠 따는 법을 배우기 마련이다.

딸깍, 나의 승리였다. 단검을 다시 넣어 브로치로 위장해두고 책상 서랍을 열었다.

펜촉, 압지, 나무 자, 그런 것들이 있겠거니 했다.

그런 건 하나도 없었다.

대신 서랍은 마치 우리 오빠의 특이한 생활을 단편적으로 보여주는 삽화 같았다. 권총, 탄약 한 상자, 그

옆엔 무슨 투명한 액체가 든 작은 병 하나가 있었고 뚜껑이 열려 있는 벨벳 천으로 마감된 통 안에는 (의사가 쓸 법한) 바늘과 주사기가 있었다. 그리고 (좀 더 여유가 있을 때 봤다면 내 호기심을 무척이나 자극했을) 아름다운 여성의 사진이 들어 있는 아주 작은 액자 등등을 나는 쭉 둘러보았다.

그러나 이 모든 건 기억을 더듬은 결과일 뿐이다. 그때는 오로지 그것들 위에 놓여 있던 바로 그 물건에 내 정신이 전부 쏠려 있었다.

떨리는 손가락으로 나는 그것을 집어들었다. 손수 그림을 그리고 글씨를 쓴, 우리 엄마가 나를 위해 만들어 준 소중한 암호책이었다. 다시 찾은 이 책을 들고 나는 울었다. 그러나 책에 키스라도 하거나 꼭 안거나 뭐 그런 걸 할 시간이 없었다. 허드슨 부인이 계단을 올라오는 소리가 들렸다. 나는 방수 외투를 열고 암호책을 가슴 깊숙이 집어넣었다. 책상 서랍을 닫은 후 나는 잽싸게 스르륵 앉아 있던 자리로 돌아가 방수 외투를 휘감은 채 쟁반을 들고 들어오는 허드슨 부인을 맞이했다.

"아가씨, 차 좀 들어요." 허드슨 부인은 나에게 차 한 잔을 따라주었다. 그야말로 나에게 기력을 되찾아줄 것 같은 차였다. 그런 다음 실망스럽게도, 그녀는 자기 잔에 커피를 따른 후 나와 이야기를 나누려고 자리에 앉았다.

"아직도 추워요, 아가씨? 외투는 어깨에 걸쳐놓고 차를 좀 들지 그래요?"

말에 앞뒤도 안 맞고 괴로움에 제정신이 아닌 그런 아가씨를 연기하는 건 (진심으로 좀 심란한 상태였던 만큼) 전혀 어렵지 않았다. 하지만 고개를 저으며 차를 거절하곤 생각했다. 이렇겐 안 되겠다. 어쩌면 내가 연기를 너무 열심히 했는지도 모르겠다. 동정심 많은 허드슨 부인이 오빠가 돌아올 때까지 나를 계속 챙기려고 하면 어쩌지?

"호두 케이크 좀 먹어보겠어요?" 허드슨 부인이 접시를 내밀었다.

나는 또다시 고개를 흔들며 손을 저었다. "아니요, 고맙습니다. 저는, 음, 저……." 바로 그때 나는 말을 멈췄다.

"허드슨이라우, 아가씨."

"허드슨 부인, 궁금한 게……." 얼굴을 가짜로 붉힐 수는 없는 노릇이지만 굳이 노력할 필요가 없었다. 나는 워낙 수줍음이 많아 얼마든지 얼굴을 붉힐 수 있었다. "……생리 현상이요." 나는 중얼댔다. "혹시 여기……."

"아, 가여운 아가씨 같으니. 그럼요." 다정한 허드슨 부인은 벌떡 일어났다. "잠깐 기다려줄 수 있겠어요? 얼른 가서 한번 보고 올게요."

화장실 같은 '편의시설'은 실내에 있으면 하수구 악취를 풍길 수도 있기 때문에 아마도 1층 저 안쪽 뒷문 바로 옆에 있을 것이다. 화장실이 부엌이나 응접실 옆에 있는 걸 원하는 사람은 없다. 허드슨 부인은 화장실 상태를 먼저 살펴본 뒤 방향제를 뿌리고 뜨거운 물 한 단지와 새 수건을 갖다놓은 다음에 나를 화장실로 안내할 것이다.

아래층으로 내려가는 허드슨 부인의 발소리가 더는 들리지 않자 나는 곧장 일어나 까치발을 하고 조용히 걸어가 문을 열었다. 아무 인기척도 들리지 않는 것을 확인한 후 나는 오빠네 방을 몰래 빠져나왔고 불필요한 소음을 만들지 않기 위해 문은 열어놓은 채로 두었다. 조용히 아래층으로 내려가 아무 방해도 받지 않고 그길로 곧장 정면 현관으로 나갈 수 있었다. 허드슨 부인이야 당혹스러운 내 부탁을 들어주느라 아주 바쁘게 뻔했다. 그녀는 아마도 무거운 현관문이 닫히는 소리를 들었을 것이다. 그러나 나는 달렸고 가까운 길모퉁이에서 마차를 잡아탈 수 있었다.

행색이 그렇게 꾀죄죄한 승객이 나타나자 마차를 모는 기사는 의아한 눈초리였지만 나는 1파운드짜리 금화를 주며 사륜마차에 올라탔다. "영국박물관이요!"

기사가 내 행색을 보고 놀랐든 주저했든 어쨌거나 그 금화로 문제는 모두 해결됐고 마차는 곧장 출발했다.

나는 방수 외투에 달린 모자를 최대한 당겨 써서 얼굴을 감췄다. 그리고 얼른 손으로 눈물을 닦았다. (어디선지 모르겠는데 손수건과 양파는 잃어버렸다.) 나 자신을 향해 더는 칭얼대선 안 된다고 단호하게 말했다. 나는 정말로 위험하고 어리석은 짓을 하고 있었고 침착하게 대응할 준비를 해야 했다.

마차가 영국박물관 계단 앞에서 멈춰 섰다.

나는 마차에서 내리지 않고 안에서 계단 앞을 살펴보았다. 셜록 오빠는 그 우수하신 박물관의 고대 그리스풍 기둥 주변에서 담배를 뻐끔거리며 알짱대는, 그야말로 할 일 없는 놈팡이 같은 모습을 연기하고 있었다. 머지않아 경찰이 와서 당장 꺼지라고 할 것만 같은 모습이었다. 나는 그런 오빠를 안전하게 염탐했다. 엄마는 그림자도 보이지 않았다. 그 메시지를 정말로 엄마가 보냈고, 셜록 오빠는 그냥 우리끼리의 암호 메시지를 해독한 것뿐이라면 엄마는 여기 나타났어야 했다. 그리고 엄마가 나타났다면 오빠가 저기서 저러고 있진 않을 것이다.

안도의 한숨을 내쉬며 나는 웃었다. 지금까지 내 추

측이 다 맞았다. 엄마는 시골 어딘가에 잘 계실 것이고 셜록 오빠는 집안의 불명예인 어린 여동생을 상대로 게임을 했다. 집에 돌아가면 오빠는 누가 이겼는지 알게 될 것이다.

마부가 문 옆에 와서 섰다. "손님?"

"계속 가세요." 나는 대답했다.

그날 저녁 나는 작지만 따스한 난롯불을 쬐며 되찾은 이 소중한 암호책을 펼쳐보았다. 익숙한 그 1페이지를 다시 볼 수 있다니 정말이지 행복했다. 금색과 적갈색으로 손수 그린 국화 주변에 엄마는 이런 암호를 써두었다. ALO NEK OOL NIY MSM UME HTN ASY RHC. 새로운 것도 있었다. 그 페이지에는 셜록 오빠가 연필로 풀어놓은 답도 쓰여 있었다. '에놀라 내 국화들을 보렴ENOLA LOOK IN MY CHRYSANTHEMUMS.'

바람꽃으로 장식된 다음 페이지에는 오빠가 이렇게 써두었다. '내 아네모네를 보렴 에놀라SEE WITHIN MY ANEMONES ENOLA.' 그것 말고도 많았다. 말뚝 울타리의 담쟁이덩굴이 그려진 암호도 풀었다. (에놀라 내 침대 손잡이를 보렴ENOLA LOOK IN MY BED KNOBS.) 오빠는 내가 풀지 못한 암호까지 전부 다 풀었다. 팬지가 그려진 페이지에는 이렇게 돼 있었다. '삼색제비꽃은 네 것이란다 에놀라 내 거울 안쪽을 보렴HEARTS EASE BE YOURS ENOLA SEE IN MY MIRROR.' 마음이 짜르르 아파오면서 엄마가 어느 거울을 얘기한 걸까, 또 오빠는 거울 뒤에서 뭘 찾았을까 궁금해졌다. 어쩌면 돈이 아닐지도 모른다. 어쩌면 엄마가 후회한다거나 잘 있으라거나 뭐가 걱정이 된다거나, 뭐 그런 메시지를 남겼는지도 모른다. 어쩌면…….

'사랑한다'고 했을지도 모른단 말은 차마 나오지 않았다. 엄마한텐 더 중요한 일이 많았다. 엄마는 독특하지만 지적이고 원칙이 있는 여성이었다. 끊임없이 남녀평등과 여성의 권리를 위해 헌신하는 여성참정권자였다. 자유로운 사상가이자 또 예술가였다.

그것도 아주 훌륭한 예술가였다. 그건 내가 들고 있는 이 책에 그려진 이토록 사랑스러운, 혹은 굳이 다른 표현을 쓰자면 이렇게 탁월한 꽃 그림들만 봐도 알 수 있었다.

엄마의 그림과 손글씨도 좋았지만 오빠의 손글씨에도 관심이 갔다. 오빠의 암호풀이는 가볍게 연필로 쓴 거라 얼마든지 다 지우고 다시 엄마가 나한테 줬던 그 상태로 되돌릴 수 있었다. 그러나 오빠의 흔적을 지우고 싶지 않았다. 스스로도 의외였다. 이건 오빠의 흔적이었다. 아무리 엄마가 예술적 재능을 발휘한 작품에 작게 또박또박 적은 글자에 불과하다고 해도.

개인적으로 손글씨는 그 사람에 대해 많은 것을 알려준다고 생각한다. 있는 그대로의 그 필체에서도 많은 걸 볼 수 있지만 그 속에 감춰진 부분들도 참 많다. 나는 오빠가 위대한 탐정이고, 또 예리하고 우월한 사람이라고 생각했지만 오빠의 글씨는 엄마 것보다 더 작았다. 어쩌면 오빠는 자신을 그렇게 대단한 사람으로 생각하지 않을지도 모른다. 나도 그렇지만 오빠도 자기 나름대로 부끄러움을 타는 그런 사람인지도 모른다.

그리고 그게 이치에 맞았다. 엄마의 예쁜 손글씨는 예술적 기질을 드러내 보이는 것이기도 했지만 동시에 엄마의 열망과 이상주의와 꿈을 잘 보여주는 것이기도 했다. 하지만 오빠의 글씨에는 꿈이 없었다. 오빠의 글씨는 그야말로 황량한 사실주의 과학자의 것 같았다.

다만 다른 상황이었다면, 그러니까 친구에게 쓰는 편지라든가 필기체로 쓴 글이었다거나 그랬다면 더 많은 성격을 읽어낼 수 있었을지 모른다는 생각도 조심스레 들었다. 필체를 여럿 갖고 있는 사람들도 있다. 레이디 세실리의 경우만 봐도 그렇다.

괜찮은 예시는 아닐 수도 있다. 레이디 세실리의 필체들은 서로 너무 달랐다. 레이디 세실리의 성장배경에 걸맞게 한 손으론 완벽하고 겸손하고 바르고 멋들어진 메모며 편지들을 써놓고는 다른 한 손으론 애들이 쓴 것처럼 글자체도 크고 좌우도 바뀌어 있는 그런 글씨를…….

다른 손으로.

불 앞에서 반쯤 졸며 아무도 찾질 못했네, 이룬 것이 없네, 그런 생각이나 하고 있다가 불현듯 레이디 세실리의 책상이 눈앞에 생생히 떠올랐다. 마치 무슨 마법의 랜턴으로 내 머릿속 이미지를 투영해 보여주기라도 하듯, 옥으로 만든 레이디 세실리의 문구 세트가 눈앞에 펼쳐졌다. 분명 문구 세트는 책상 왼편에 놓여 있었다.

그리고 또 하나 확실히 기억나는 건 그 충성스런 하녀 릴리가 그 잉크병이며 펜이며 하는 물건들을 책상 오른쪽으로 옮겼다는 것이다.

깨달음이 오면서 정신이 번쩍 들었다. 자세를 바로하고 살펴보았다.

내 화장대 위에는 머리 브러시, 참빗, 핸드크림 등등이 아주 소박하게, 오른쪽 편으로 놓여 있었다. 그래야 오른손잡이인 나에게 편하니까.

그러나 레이디 세실리의 화장대 위에 있던 은 소재 151 빗이며 그 물건들은 어느 쪽에 있었지?

"오, 세상에나." 나는 작게 중얼거렸다.

11장

"미스 메쉴리, 뜨거운 물 준비됐어요!"

겨우 몇 시간 눈을 붙였건만 터퍼 부인의 쩌렁쩌렁한 목소리에 잠을 깨고 말았다. 나는 신음소리로 기척을 냈다. 셜록 오빠에 대한 승리감은 하룻밤 새 사라졌고 앞으로 이제 뒷수습은 어떻게 할 것인지에 대한 두려움이 그 자리를 대신했다.

"미스 메쉴리, 일어났어요?" 귀가 안 좋은 터퍼 부인은 내가 이처럼 세련되게 기척을 낸 걸 알아듣지 못했다.

일어나 출근을 할 마음이 들지 않았다. 메쉴리가 일하는 라고스틴 박사 사무소의 관대한 근무환경을 생각하면 내가 그냥 침대에 누워 있어도 될 거라고 생각할지 모르겠다. 하지만 터퍼 부인의 호기심을 자극하면서까지 방 안에서 늦잠을 자고 있을 순 없었다.

"미스 메쉴리!" 터퍼 부인이 방문을 쾅쾅 두드렸다.

"제발 좀!" 나는 혼잣말을 중얼거린 후 큰 소리로 대답했다. "일어났어요!"

"어? 일어났어요?"

"네! 감사합니다! 터퍼 부인!"

아침 메뉴는 당연히 블러드푸딩(영국, 아일랜드 등지에서 즐겨먹는 선지 소시지-역주)이겠지. 나는 블러드푸딩을 혐오했다. 블러드푸딩 이외 기타 등등의 이유로 그날 아침 미스 메쉴리는 툴툴대며 출근을 했다.

어쩌면 다행인지도 모르지만 어제는 셜록 오빠를 생각할 겨를이 없었다. 그러나 지금은 오빠 때문에 새삼 무서워졌다. 오빠가 생각보다 훨씬 많은 것들을 알고 있었기 때문이다.

'아이비 영국박물관 계단에서 만나IVY MEET ME STEPS BRITISH MUSEUM', 이 메시지에서 보듯 오빠는 내 가명을 알고 있었다.

오빠는 왓슨 박사 말대로 내가 돈을 갖고 있다는 걸 알았다.

내가 엄마와 암호로 소식을 주고받고 있다는 것도 알았고, 무슨 내용인지도 다 알았다.

그리고 최악은 오빠가 왓슨 박사한테서 더 많은 이야기를 들을 수 있을지도 모른다는 거였다. 오빠가 결국 한발 물러서서 왓슨 박사에게 비밀을 털어놓는다면? 그래서 왓슨 박사가 오빠한테 라고스틴 박사를 찾아간 이야기를 한다면? 한 번의 짧은 대화만으로도 셜록 홈즈라면 아이비 메설리를 주목할 수 있었다.

"헉!" 나는 사무실로 들어서며 중얼거렸다. "쳇, 헛소리 말라 그래, 순 사기꾼. 그런다고 까마귀가 흰 비둘기로 바뀌나 봐라." 나는 부르르 몸을 떨며 난롯가에 앉아 한기와 함께 이 두려움을 몰아내고자 했다. 차를 마시며 여느 날처럼 충격적이고 무서운 소식들이 즐비한 조간신문을 읽었다. 이스트엔드에서는 백신을 안 맞으려는 무리가 동네 간호사를 협박했다. 홀리웰 스트리트에서는 여성 자선 운동가들이 임신 등 여성 건강과 관련한 "예방조치"의 일환으로 "외설적인" 자료를 배포했다는 이유 아래 체포됐다. 나이츠브리지의 어느 가정에서는 가스 폭발사고로 세 명의 하인이 목숨을 잃어 가족들이 큰 충격에 빠졌다. 부두 노동자들이 은밀한 체제 전복성 모임을 결집한다는 루머, 아메리카에서 값싼 수입산 옥수수가 계속 들어옴으로써 울상이 된 농업계, 등등등.

그러나 엄마에게서는 아직도 대답이 없었다.

젠장.

내가 떨고 있는 건 추위 때문이라고 나 스스로에게

얘기했다. 신문을 전부 한번 훑어봤을 때쯤에는 불이 꽤 죽어 있었다. 보고 난 신문을 전부 난롯불에 던져 넣은 후 그 온기에 힘을 내서 책상 앞에 가 앉았다. 모든 건 마음먹기 달렸다. 셜록 오빠가, 그래, 뭐, 골상학자를 찾아가든지 말든지. 엄마 일이라면 내가 더 할 수 있는 게 없었다. 하지만 내가 '퍼디토리언'으로 불리길 원한다면 일을 해야 했다.

나는 풀스캡 판 종이를 한 묶음 가져다가 레이디 세실리의 얼굴을 떠올리며 스케치를 몇 장이고 그려나 갔다. 정교한 장식을 두른 챙 넓은 모자를 씌운 그림도 있었고, 납작한 집시 스타일 보닛을 씌운 그림도 있었다. 밀짚모자라든가 최근 유행에 맞춰 깃털을 꽂은 작은 모자를 씌우거나 수수한 숄을 둘러보기도 했다. 불은 다시 약해졌고 방 안은 점점 더 추워졌다. 손가락이 점점 굳어서 연필을 잡기도 어려웠지만 나는 덜덜 떨면서 계속 그림을 그렸다. 틀어올린 머리에 모자를 쓰지 않은 레이디 세실리의 얼굴을 기본으로, 머리에 누더기를 뒤집어쓴 레이디 세실리, 하녀들이 쓰는 모자를 쓴 레이디 세실리, 굴뚝새처럼 머리 뒤로 빗을 꽂은 레이디 세실리, 머리망을 한 레이디 세실리, 마지막으로 베일을 쓴 레이디 세실리를 그렸다. 만족해하며 나는 조디를 불렀다.

"조디, 불 좀 더 때줄래?" 조디가 나타나자 나는 그렇게 부탁했다.

조디가 잽싸게 준비를 하러 갔다. 난롯불에 손을 녹이러 팔걸이의자 쪽으로 자리를 옮기면서 나는 책상 위에 스케치를 그대로 올려두었다. 석탄통을 채워 돌아오면서 아마 조디가 그림을 보게 될 것이다.

나는 몰래 곁눈질로 조디를 지켜보았다. 조디는 흘끗 그림을 보는 듯하다가 휙 돌아서서 얼음이 되더니 한참을 그렇게 쳐다보고 있었다. 내가 본격적으로 조디의 반응을 살피려 고개를 돌렸을 때 이미 조디의 관심은 오로지 내 스케치에 쏠려 있어서 내가 자기를 보든 말든 신경도 쓰지 않았다.

나는 자리에서 일어나 조디 옆으로 갔다. "여전히 본 적 있는 사람 같아?" 내가 물었다.

예의는 또 어느새 잊어버리곤 조디가 고개를 끄덕였다.

나무라는 대신 나는 조디에게 물었다. "언제 봤니?"

"잘 모르겠어요, 미스 메럴리."

"작년에?"

"아니요! 한 일이 주 전쯤요."

"길모퉁이에서? 바구니를 들고?"

"네."

"뭘 입고 있었는데?"

조디는 그림 하나를 가리켰다. 머리 위로 누더기를 두른 레이디 세실리 그림이었다.

"그렇군." 나는 너무 놀라서 물어보려고 했던 질문을 잊어버리고 중얼댔다. 갑자기 몸이 막 아픈 것 같았다.

모자든 뭐든 머리에 뭘 썼는지 보면 그 사람의 사회적 지위를 알 수 있다. 그러니까 이건 가슴에다, 나는 이런 사람이오, 하고 써서 걸어놓는 것만큼이나 확실한 거다.

이 레이디 세실리는 그렇다면 가슴에다, "나는 엄청나게 가난한 사람"이라고 써서 걸고 있는 거나 다름없었다.

레이디 세실리도 나처럼 이 도시의 가장 가난한 사람들을 돕고자 한 것이다.

하지만 레이디 세실리는 대신 직접 그들 중 하나가 되려고 한 것 같았다.

몇 시간 후, 값은 비싸지만 절제된 스타일의 프러시안 블루 메리노로 만든 데이 드레스 위에 페이즐리 돌만 망토를 입고서 '라고스틴 부인'은 다시 한 번 품격 넘치는 유스타스 알리스테어 준남작 경의 집으로 향했다.

그러나 곧바로 집 안으로 들어가는 대신 나는 거리에서 준남작의 집을 꼼꼼히 뜯어보았다. 시골 저택들은 가로로 길게 이어지는 양식이지만 인구 많은 런던의 저택들은 위로 올라가는 구조일 수밖에 없었는데 지하에 주방이 있었고, 그 위로 (미련한 웨이터의 서빙을 받는) 다이닝룸, 또 그 위로 (거리의 소음과 오염으로부터 간격을 둔 높이에) 거실이, 그 위엔 침실, 또 그 위엔 아이들 방과 공부방, 그 위로 하인들 방과 다락방이 층층이 있었다.

레이디 세실리의 침실은 지난번 방문 때 알게 됐듯 아이들 방과 같은 층에 있었고 하인들 방 바로 아래였다.

그 층에서 지상까지 거리를 재보다가 나는 고개를 저었다. 그런 다음 내가 지금 귀부인 연기를 하고 있다는 점을 떠올리며 평소처럼 성큼성큼 걷지 않도록 노력하면서 저택의 측면으로 걸어갔다. 뒤쪽에서 보면 더 나을까 싶어서였다.

당연히 그럴 리가 없었다. 레이디 세실리의 창문을 쳐다보고 있노라니 바깥에서 일을 하고 있던 하인들이 놀라 하던 일을 멈추고 나를 쳐다보았다.

"너!" 명령하듯 나는 물이 가득 들어 있는 양동이와 씨름하고 있는 부엌데기 소년을 불렀다. "이리 와봐."

소년은 내가 누군지도 모르면서 내 말을 즉시 들었다. 아마 내 옷차림이며 태도 때문이었을 것이다.

소년이 다가오자 나는 조용히 물었다. "레이디 세실

리가 사라진 날 창가에 있었던 사다리 말이야. 그건 지금 어딨니?" 분명 집 안에 있긴 할 터이다. 런던에서 한밤중에 남의 눈에 띄지 않고 그런 사다리를 들고 움직일 수는 없다.

아무도 입밖으로 꺼내지 않는 이야기를 내가 입에 올리자 소년은 할 말을 잃고 마차를 보관하는 창고를 가리킬 뿐이었다. 준남작네만큼의 경제적 여유가 없는 가족이 여럿 살 수 있을 정도로 널찍한 공간이었다.

마차를 보관하는 창고 앞마당에는 멋들어진 사륜마차가 있었고 마부 세 사람이 마차를 닦고 있었다. 최소한 그 사람들이 나 때문에 놀라서 하던 일을 멈추기 전까지는 그랬다.

나는 마부들에게 다가가 명령하듯 말했다. "사다리를 좀 보고 싶군요."

그중 가장 영리해 보이는 자가 나를 창고 안쪽으로 안내하더니 서까래 위에 걸쳐놓은 사다리를 가리켰다.

아주 견고한 나무 사다리였다.

네 개가 연결된 사다리였다.

나 혼자서는 그 가운데 하나조차 들기 힘들 정도로 무거울 것 같았고 사다리를 다른 사람의 도움 없이 저 위에서 가지고 내려오는 일도 거의 불가능해 보였다.

그리고 레이디 세실리의 창문에 닿으려면 사다리의

네 개 부분을 동시에 전부 연결해야 했다.

"고마워요." 나는 그렇게 말하고 나서 그곳에 처음 들어갔을 때처럼 아무런 말 없이 그대로 걸어 나왔다. 머릿속 생각들이 실타래처럼 복잡하게 얽힌 상태가 이제는 일상이 돼버렸다.

잠깐 멈춰 서서 차분히 숨을 들이마신 후 나는 엄마 얼굴을 떠올리며 정문으로 다가가 노크를 했다. '난 소심한 사람이야.' 집사가 나를 노려보자 나는 스스로에게 되뇌었다. '난 평범하고 수줍음 많고 엄청나게 순진한 라고스틴 박사의 어린 신부야.'

이제 나는 스스로를 순진한 사람으로 생각할 수 있었다.

이번에는 레이디 테오도라가 거대한 계단 끝에서 기다리고 있다가 정식으로 나를 거실로 안내했다. 정리되지 않은 이 이상한 생각들을 레이디 테오도라와 나누기는 훨씬 더 어려워졌다. 세 가지 각기 다른 옷감으로 만든 레이디 테오도라의 드레스도 한몫했다. 검은색 태피터 비단으로 만든 상체 부분과 보라색 벨벳 천으로 만든 치마 아래로 주름진 회색 실크 속치마가 보였다. 드레스와 잘 어울리는 검은색의 반짝이는 보석 목걸이가 사랑스러운 레이디 테오도라의 창백한 얼굴을 그나마 조금 가려주었다. 정교하게 잘 만들어진 드레스였지만 그 색상 때문에 마치 레이디 세실리가 얼마 전 세상을 떠났고 레이디 테오도라는 애도 중인 것처럼 보였다.

레이디 테오도라는 고개를 꼿꼿이 들고 하얀 피부에 차가운 표정으로 서서 나를 맞이했지만 나는 지난 며칠간 레이디 테오도라가 눈에 띌 정도로 수척해졌음을 눈치챘다.

일반적인 정중한 예법 대신 나는 응접실을 가로질러 레이디 테오도라 쪽으로 가면서 불쑥 말했다. "레이디 테오도라, 희망을 버리시면 안 됩니다!"

레이디 테오도라는 잠깐 그대로 굳는 듯하더니 곧 봄기운이 얼어붙은 개울을 녹이기라도 한 것처럼 그 위엄 있던 태도가 무너졌다. "오, 라고스틴 부인!" 레이디 테오도라는 긴장을 풀고 내 손을 잡았고 우리는 무릎이 거의 맞닿을 정도로 나란히 서로를 마주보고 앉았다. "라고스틴 부인, 희망을 품고 있어야 한다는 건 알지만 우리 딸 소식이 오리무중인데 제가 어떻게 그럴 수가 있겠어요?" 레이디 테오도라는 걱정스러운 듯 내 쪽으로 몸을 기울였다. 그녀는 떨고 있었다. "라고스틴 박사께서 우리 불쌍한 세실리에 대해 무슨 단서라도 찾으셨나요? 어떤 흔적이라든가 신호라든가……."

나는 조심히 대답했다. "뭔가 진전이 좀 있기는 한
것 같습니다."

"오!" 레이디 테오도라는 숨이 막히는 듯 보석 목걸
이를 찬 목에 손을 대었다. 드레스 때문에 오늘 '허리
조임기'를 부착한 탓이었다. 그러니까 레이디 테오도
라의 허리는 숨 쉴 틈 없이 꽉 조여져 있었고 그 끔찍
한 코르셋 때문에 대화를 나누기가 더더욱 어려웠다.
레이디 테오도라가 기절해 쓰러지면 안 되니까.

"라고스틴 박사는 자신이 직접 이곳을 방문하기보다
제가 다시 한 번 부인을 뵙는 게 좋겠다고 생각했어요."
내가 중얼거렸다. "사안이 사안이다 보니 말이죠."

"그럼요, 물론이지요. 저는 그야말로 흔들리고 있답
니다. 이제는 두려워지기 시작했어요……."

"라고스틴 박사가 이 사건을 최우선순위로 살펴보고
있다는 말씀은 드릴 수 있어요."

"그럼요."

"라고스틴 박사가 부인께 확인하라고 한 몇 가지 사
항들이 있습니다."

162 "뭐든지요!" 다시 한 번 그녀는 내 두 손을 잡았다.

나는 깊이 숨을 들이마셨다. 나야 허리를 조이기보
다 엉덩이 조절기랑 가슴 보정기만 제자리에 유지할
목적으로 코르셋을 입은 터라 숨을 쉬는 데 문제가 없

었다.

"레이디 세실리가 왼손잡이였나요?" 내가 물었다.

혹자는 단순한 질문이라고 생각할 수도 있겠다. 그러나 귀족 계층의 일원에게 이 질문은 그렇게 단순한 것이 아니었다.

"절대 아니죠!" 레이디 테오도라는 나한테서 손을 홱 떼었다. "나는 그 애를…… 준남작의 딸이 왼손잡이라뇨?"

이런 반응이 나올 거라 예상하고 준비를 해왔다. 레이디 테오도라가 발끈하든 말든, 격노하든 말든 나는 차분히 대꾸했다. "물론 지금 그렇다는 얘기가 아니고요." 거짓말이었다. 나는 레이디 세실리가 자기 방에서 혼자 있을 때는 왼손을 마음껏 썼다고 생각했다. "레이디 세실리가 어릴 때, 아직 적절한 행동이 뭔지 잘 모를 때 말입니다. 그때 레이디 세실리가 왼손을 자주 쓰는 모습을 보인 적이 있는지요?"

내가 레이디 테오도라를 똑바로 바라보며 차분하게 이야기하자 레이디 테오도라의 눈빛이 슬며시 누그러졌다. 꽃이 그려진 벨벳 카펫에 시선을 둔 채 레이디 테오도라는 중얼거렸다. "그 애의 선생님이 그 얘길 한 적이 있는 것도 같군요."

"레이디 세실리의 가정교사가 그 부분을 언급한 적이

163

있나요?"

"음, 잘은 생각이 안 나지만, 레이디 세실리가 왼손을
썼다면 그런 성향은 당연히 훈련을 통해 없어졌을 겁
니다."

레이디 테오도라의 말에 나는 척추까지 소름이 돋았
다. 레이디 테오도라는 아마 그 이유를 전혀 이해하지
못할 것이다. 마음껏 자유를 누린 특별한 성장배경이
아니었다면 나도 이런 관점을 갖게 되진 않았을 것이
다. 모든 걸 자율에 맡긴 어머니 밑에서 자란 나는 레
이디 세실리가 어떻게 자랐을지 짐작이 갔다. 잘못된
손을 쓰면 레이디 세실리의 작은 손은 매질을 당했을
것이고, 왼손으로 쥔 장난감은 빼앗겨 오른손에 다시
쥐어야 했을 것이고, 혼은 또 얼마나 많이 났을까. 레이
디 세실리가 필기체로 편지를 쓰는 법을 배우는 동안
그녀의 왼손은 등 뒤로 묶여 있었어야 했을 것이다. 그
렇게 훈련을 받는 동안 레이디 세실리는 가끔씩 손가
락 마디에 매를 맞았겠지. 왼손바닥에 매를 맞거나.

그리고 이렇게 고통스런 과정을 거쳐 레이디 세실리
는 상류 사회에서 장식 같은 존재가 되는 데 있어 통
상적인 엄격함에 익숙해져갔을 것이다. 완벽한 자세를
위해 머리에 책을 얹고 걸었을 것이다. 수놓는 법도 배
우고(물론 오른손으로) "모든 공예에 정통"하게 되었을

것이고(역시 오른손으로) 사탕같이 달콤한 색의 형체 없는 파스텔화를 그리게 되었을 것이다.

하지만 일기장의 그 어둡고 심각한 생각들은 왼손이 적은 것일까? 강렬하고 인상적인 그 목탄화도 왼손의 작품일까?

엄마한테 들은 이야기가 생각났다. 아주 오래전, 펀델 홀에서 자유롭게 자연을 즐기며 지낼 때였다. 그러고 보니 겨우 1년 전 얘기네. 아무튼, 우리가 '1실링짜리 싸구려 소설' 중 신작인 『지킬 박사와 하이드 씨의 이상한 사건』을 읽을 때였다. 엄마는 이 소설을 읽으며 최근 인간 정신에 대해 독일에서 시작된 연구를 떠올렸다고 했다. 독일에서는 '정신병 전문의사'들이 '고정관념'이나 '이중인격' 등의 개념을 활용해 정신 나간 사람들을 더 잘 이해하려는 시도를 한다고 했다. 엄마는 사진으로 '이중인격'을 설명해주었다. 얼굴 한가운데를 기준으로 사진을 반으로 접은 다음 반쪽씩 거울에 비쳤는데 미묘하게 원래 얼굴과 다르고 새로워 보였다.

레이디 세실리가 혹시 이중인격일까? 왼손을 쓰는 레이디 세실리는 오른손을 사용하는 레이디 세실리와 완전히 다른 사람일까?

12장

우울해져서 그날 해야 할 일을 미뤘다.

어떻게 그렇게 멍청했지? 나는 레이디 세실리가 내가 할 수 있는 일, 내가 할 법한 일을 했을 거라고 생각하고 거기서부터 추리를 시작했다.

이를테면 런던의 빈민들을 불쌍하게 여긴다든가 하는 것 말이다.

다 틀렸다.

집을 나갔다?

이것도 틀렸다.

터무니없는 생각이었다.

사다리. 세상에, 내가 멍청이였다! 사다리부터 먼저 조사해봤어야 했는데. 레이디 세실리의 옷장에 걸려 있던 옷들도 일찌감치 알아차렸어야 했다. 레이디 세실리의 옷은 나보다 훨씬 아담한 소녀나 입을 수 있는, 제일 작은 사이즈였다.

그런 레이디 세실리가 사다리를 가져다 직접 창가에 놓았다는 말도 안 되는 생각을 하고 있었다니. 아무리 집을 나가고 싶은 마음이 간절하다 한들 나도 그렇겐 못 한다.

레이디 세실리가 원하는 건 뭐였을까도 전혀 고민해 보지 않았다.

레이디 세실리의 생각이나 성향이 나와 비슷하다고 생각할 이유가 하나도 없었다.

나는 눈이 멀어 있었다.

그러면서 나 스스로 '퍼디토리언'이라고? 이 정도론 안 된다. 말하자면 나는 제멋대로인 내 생각의 고삐를 당겨야 했다. 엄격하게 논리를 적용해야 한다. 이 문제를 합리적으로 풀어야 한다.

그래서 나는 그날 저녁 집으로 돌아오자마자 논리적, 합리적인 추리를 하려고 무릎에 이동식 책상을 놓고 양옆에는 촛불을 가까이 두고 앉았다. 자 이제 종이에 적어보자.

167

좋아. 레이디 세실리의 실종과 관련한 가능성은 뭐지? 떠올릴 수 있는 건 세 가지다.

사랑의 도주다
집을 나갔다
납치당했다

사랑의 도주라고 본다면 그 이유는:

사랑의 도주인 이유: 창가에 사다리
알렉산더 핀치와 몰래 편지 주고받음
알렉산더 핀치와 몰래 만남

사랑의 도주가 아니라면 그 이유는:

일기장에 알렉산더 핀치든 누구든 그런 상대에 대한
얘기가 전혀 없음
회색 실링 왁스만 닳아 있음
잠자리에 들었던 흔적이 있음 - 왜지?
옷장에 옷이 그대로 있음
용의자와 함께 있지 않음
알렉산더 핀치는 레이디 세실리의 그 남자가 아닐
가능성 높음

마지막은 엄격히 말해서 논리적이라기보다 주관이라

서 좀 망설였지만 결국은 그대로 두고 다음으로 넘어
갔다.

집을 나갔다:
일기에 사회문제나 사회개혁에 강한 의견을 보임
목탄화 vs 파스텔화, 이중 인격 있었음
부러진 파스텔 - 더는 그런 사람으로 살고 싶지 않다?
집을 나간 게 아니다:
레이디를 도와준 사람은 누구?
혼자 사다리를 창가에 갖다놓는 건 불가능
왜 하필 사다리를? 그냥 문으로 걸어 나갈 수도 있었음
그럼 그날 밤 왜 잠자리에 든 것일까?
레이디가 입고 있었던 옷은?

흠. 여전히 뭔가 석연치 않은 느낌이 들어 똑같은 추리
과정을 세 번째 가능성에도 적용해보았다.

납치당했다:
창문의 사다리. 다른 입구가 없어서 필요했음
잠자리에 든 흔적이 있음. 레이디는 한참 자고 있었음
옷이 그대로 남아 있음. 잠옷을 입은 채 납치됨

169

레이디 세실리가 한밤중에 웬 괴한에게 납치당했다고
생각하면 몸서리가 쳐졌다. 그야말로 끔찍한 이야기다.
그리고 생각하면 할수록 가능한 얘기였다. 사실 다른
가설보다 사실과 더 잘 부합했다. 하지만 납치가 아닐
가능성도 있었다.

> 납치당한 게 아니다:
> 왜 비명을 안 질렀을까?
> 아니면 아무도 비명을 못 들은 것일까?
> 납치범이 레이디를 데리고 사다리를 어떻게 내려가지?
> 레이디가 타깃이 된 이유? 납치범은 누구?
> 인질 요구가 없는 이유는?

납치당한 게 아니라고 생각하는 첫 번째 이유와 관련
해서는 레이디 세실리가 비명을 지르기 전에 납치범
(들)이 어쩌면 클로로포럼 같은 마취제를 써서 레이디
세실리가 의식을 잃었다고 반박할 수 있었다. 인질 요
구가 없다는 점과 레이디 세실리를 타깃으로 골랐다는
점에 대해서는, 그렇게 생각하고 싶진 않지만, 뭔가 다
른 목적이 있을 수 있었다. 그냥 어디까지나 그럴 수도
있다는 얘기다. 솔직히 나도 이 '백인 노예'라는 관습에
대해선 잘 모른다. 그냥 이 생각 자체가 전혀 설득력이

없다.

납치된 게 아니라고 볼 만한 가장 설득력 있는 이유는 의식을 잃은 레이디 세실리를 데리고 대체 어떻게 그렇게 긴 사다리를 타고 내려갈 수가 있었느냐는 거다. 소방수들이 한쪽 어깨에 사람들을 걸친 다음 그렇게 사다리를 타고 내려온다는 얘긴 들은 적이 있지만 그거야 짧은 거리일 때 얘기고, 아무리 힘센 남자라고 해도 4층 높이에서 그런 시도는 아주 위험할 것이다. 무모하다. 사실 미련한 짓이다. 차라리 계단으로 내려오고 말지.

그러나 계단을 이용한 흔적은 없다. 1층 문은 닫혀 있었고 창문도 잠겨 있는 상태였다.

납치범이 레이디 세실리를 어깨에 메고 밧줄을 타고 내려왔을 수도 있을까?

사다리가 아직 그대로 있는데?

그럼 다른 창문은?

그건 불가능했다. 다른 창문 쪽은 바로 아래 지하실 창고 입구와 빗물받이 통이 있었다.

결국 뒤쪽 창문을 이용했다는 건데 그럼 납치범이 최소 두 명은 있었다는 얘기다. 한 명이 먼저 내려간 다음 다른 사람이 내려올 수 있게 사다리를 옮기면 그 다른 공범이 의식을 잃고 축 늘어진 레이디를 옮겼다고?

아주 터무니없는 얘기다. 한 명이 아니라고? 경찰이 몇 분마다 순찰을 도는 그 정도 부자 동네에서 그 정도로 복잡한 계획을 실행에 옮긴다고 한다면 분명 경찰 눈에 띄었을 것이다.

아무리 엄격하게 논리를 적용해봐도 영 쉽지가 않았다. 논리적 추론의 결과는 아주 터무니없었다. 사랑의 도주를 했을 가능성, 집을 나갔을 가능성, 납치당했을 가능성, 이 세 가지 중에 다른 것보다 더 설득력이 있어 보이는 게 전혀 없었다.

아무것도 말이 되지 않았다. 나는 '퍼디토리언'이 아니라 바보다.

종이를 불 속에 던져버리고 쭈그려 앉아 매트리스를 들어올린 다음 수녀복을 꺼냈다. 목을 졸리는 건 여전히 무섭지만 차라리 무능한 기분이 드는 것보단 낫다.

그날 밤 터퍼 부인이 잠자리에 든 다음 검은 옷에 베일을 쓴 수녀는 런던의 빈민들을 돕기 위해 조용히 집을 빠져나갔다.

이날 밤은 일명 '콩 수프'로 불리는 런던의 짙고 검은 안개가 너무 두꺼워서 랜턴이 내 팔에 걸려 있는데도 유령처럼 둥둥 떠다니며 겨우 형체만 확인할 수 있을 정도였다. 이런 밤에는, 혹은 검은 먼지 때문에 하늘이 황갈색으로 변하는 날은 낮이라도, 마부들이 말에서 내려 직접 말을 끌고 가곤 했고, 템스강에서는 가끔 부두에서 빠져 익사하는 뱃사공들도 있었다.

오히려 거리에는 평소보다 걸어다니는 인파가 더 많았고 이런 평범한 사람들이 범죄의 피해자로 전락하곤 했다. 지금 이 순간 내 앞으로 2미터도 안 되는 거리에 살인자가 서 있다고 해도 나는 볼 수가 없다. 혹은 누가 내 목을 조르려고 기다리고 있다고 해도…….

추위에는 정작 멀쩡했건만 오히려 그런 생각이 들자 몸이 떨려왔다. 뒤에서 날 붙잡고 목을 조이던 그 무서운 힘이 떠오르면서 몸서리가 쳐졌다. 그 직후의 기억은 없고 베일 속 내 얼굴을 들여다보던 웬 징그러운 남자만 희미하게 기억난다. 그 모든 것들이 다 끔찍했다. 그날 밤, 이 모든 것들이 끔찍했다, 그날 밤이며 그 어두운 기억들, 무엇보다 악마 같은 그, 그 끔찍한 도구. 하고많은 것 중에 등나무 조각과 코르셋 끈이라는 이상한 조합으로 만든 그 단순한 도구가 유독 깊이 각인돼 머릿속을 떠나지 않았다.

그 잔상을 지워버리려고 나는 부단히 애썼다. 그런 공포와는 씨름할 시간이 없었다. 지금 내 주위에 도사리고 있는, 런던 밤거리의 실재하는 그림자들과 싸우기도 버거웠다. 위험을 감지하는 데 촉각을 곤두세우며 나는 계속 걸었다. 오늘 밤은 불행한 사람들을 찾는 것 외에 다른 목적이 있었다. 두려워할 시간이 없었다. 동시에 혼잣말로 런던 시민들의 주요 사망 원인이 범죄보다 오히려 대기오염일 거라고 중얼댔다. 눈이며 콧구멍이 까매지는 그런 공기를 마시며 사는 게 건강에 좋을 리가 없다. 나야 시골의 깨끗한 공기를 마시며 자랐기 때문에 그런 더러운 공기를 얼마간은 감당해낼 수 있었다. 하지만 이런 우울한 거리에서 태어나고 검은 먼지를 마시며 살아가고 또 죽을 사람들은 어떻게 해야 하나? 런던의 빈민층은 점점 더 제대로 살아가기 어려워질 테고 빨리 죽을 것이다.

그런 사람들이 진 한잔 마실 수 없다면 그건 너무 잔인하다.

살아서 밤을 나기 위해 그토록 가난한 이들도 가끔은 옹송그리고 모여 앉아 진 한 병을 나눠 마시곤 했다. 술병을 돌리며 그 술기운으로 추위와 형편없는 잠자리를 참아 넘겼다.

낮에는 낯선 사람들을 멀리하는 이들이지만 밤에는 술기운에 혀가 풀렸다. 이날 밤 그 우연의 만남도 아마 이 때문이었다고 생각한다.

평소처럼 이것저것 챙겨 들고 나는 서둘러 구빈원으로 향했다. 가난한 이들 중에서도 가장 가난한, 돌계단에 앉아 밤낮이고 꾸벅꾸벅 졸고 있는 늙고 가난한 여자들이 있는 곳이 구빈원이었다. 평범한 거지들이 모이는 이곳만큼은 경찰도 이들을 몰아내지 않고 작은 자비를 베풀었다.

불쌍한 노인들. 불씨만 있다면 이들은 정말 거리의 쓰레기라도 태울 것이다.

구빈원이 있는 모퉁이를 딱 돌아서는데 잠시 깜짝 놀라 걸음을 멈췄다. 예상했던 어두운 그림자 대신 구빈원 계단에는 활활 불길이 타고 있는 금속 빨래통이 보였다. 오늘 밤은 내가 만든 이 휴대용 불이 필요 없을 것 같다.

평상시였다면 내가 준 담요 아래 옹송그린 채 떨고 있을 여자들이 불가에 모여 앉아 수척한 얼굴로 씩 웃고들 있었다.

그리고 거기 웬 노인이 하나 끼어 있었다.

등은 굽을 대로 굽었고 은발의 머리와 수염은 지저분하게 길었으며 입고 있는 옷가지는 더럽기 그지없었다. 그야말로 가난한 자의 형색 그 자체였다.

그러나 이 노인은 용케도 그처럼 큰 불을 땔 수 있는 연료며 양동이를 구했고, 진도 한 병 갖고 있었다. 그리고 어떤 연유에선지 그는 그것들을 이곳으로 가져오기로 결심했다.

그 노인 바로 옆에 제일 불쌍한 여인이 앉아 있었다. 옷도 제대로 걸치지 못하고 피부병이 머리까지 퍼져 있는 이 여인은 아이비 메월리가 이틀 전에 준 방수 외투를 입고 있었다.

펜닭개를 팔던 여자가 입고 있던 그 외투였다.

"수녀님!" 여인은 나를 보고 반갑게 소리쳤다. 목소리는 활기찼지만 술기운에 혀가 좀 꼬인 상태였다. "수녀님, 진 한잔하세요!"

검은 베일을 쓴 수녀는 절대 말을 하지 않으므로 나로서는 대답할 필요가 없었다. 이들은 나에 대해 이미 익숙해져 있어서 내가 그런 제안에 굳이 거절의 말을 할 필요도 없었다. 나는 조용히 빵 등을 나눠주기 시작했다. 여인들은 여전히 열심히 음식을 받아들었지만 절박함은 평소보다 덜했다.

"……과부가 됐죠. 눈이 멀 때까지 바느질을 했다우." 방수 외투를 입은 여인은 노인에게 인생 이야기를 와르르 풀어놓았다. 아마 노인이 먼저 여인에게 거기까지 오게 된 사정을 물은 듯했다. 나는 말이 없는 수녀였으므로 평소 그런 부탁을 할 수 없으니 아닌 척하면서 대단히 관심을 갖고 여인의 이야기를 들었다. "그다음엔 극장 앞에서 꽃을 팔았지요. 아실지 모르겠는데, 비가 오면 귀족들은 부인들에게 줄 꽃다발을 사러 오지 않아요. 그래도 빗속에 서 있었죠. 그랬더니 기침이 시작됐고, 뭐 하나 잘못되니 나머지도 줄줄이 어긋납니다. 방에서 쫓겨나 공동하숙집으로 들어갔는데, 거기서 묵은 첫날 웬 비정한 악마 같은 인간이 얼마 되지도 않는 내 돈이랑 옷을 다 훔쳐갔어요. 신발이며 옷이며 앞치마며, 하여튼 자면서 내가 품에 안고 있었던 것만 빼고 전부 털어갔어요. 이 사람 저 사람 붙들고 울어봐야 소용없었죠. 그래서 이렇게 춥고 배고픈 길거리 인생을 살고 있다우. 입을 옷도 없는데 일을 어떻게 찾겠어요? 못하지." 노인은 진 한 잔을 다시 권했다. "아니, 됐어요. 더 마시면 평소보다 더 많이 넘어질걸요."

이 여인들이 걸음을 시도하다가 넘어지는 걸 사실 여러 번 봤다. 정말 극단적인 비참함이었다.

수염이 희끗희끗한 노인이 말했다. "우리 아이비한텐 부디 그런 일이 없어야 할 터인데."

'아이비라고?'

나는 이야기를 듣고 있지 않은 척했기 때문에 정체가 탄로 나진 않았다. 사실 어쩌면 깜짝 놀랐거나 몸이 뻣뻣하게 굳었을지도 모른다. 하지만 밤이고 또 불빛도 깜박깜박해서 아무도 보지 못했을 것이다.

그리고 그 누더기를 걸친 등 굽은 노인은 어쨌거나 내 쪽을 보고 있지 않았다. 노인은 방수 외투를 입은 여인에게 말했다. "우리 손녀딸인데, 이렇게 험한 세상에서 겨우 열네 살 됐다오. 일주일 전에 바구니를 들고 펜닭개를 팔러 나갔는데…….."

심장이 뛰기 시작했다.

"……비참한 생활 때문에 얼굴이 눈물범벅이었답디다……"

이상하게 가슴이 싸하게 아팠다.

"……그 이후로 애가 소식이 없어요."

도망치고 싶었다.

감정을 드러내면 안 된다는 것을 명심하며 나는 계속 음식과 다른 물품들을 나눠주면서 그 낯선 노인 쪽으로 움직였다.

낯선 사람?

어찌 보면 낯설었다.

"댁 입은 그런 방수 외투를 입었다는데." 그가 말했다. 영락없는 서민 억양이었다. "그걸 혹시 어디서……"

말을 채 끝내기도 전에 나는 노인의 코앞에 미트파이를 내밀었다.

노인이 파이를 받으려고 고개를 돌렸다. 더러운 모자와 더러운 턱수염에 가려진 그 더러운 얼굴에서 나는 날 쳐다보고 있는 날카로운 회색 눈을 보았다. "아이고, 고맙소."

어두운 밤에 외투를 입고 베일을 쓰고 있었으니 많이 봐야 그마저도 희미한 실루엣 정도 본 게 전부일 거라고 나는 스스로에게 되뇌었다.

노인이 나에게 물었다. "수녀님은 이 동네를 다 돌아다니오? 미안하지만 막대기같이 마른 앤데 이름이 아이비오. 이런 애 봤어요?"

나는 노인에게 미트파이와 함께 먹을 치즈를 주었다.

"그 나이치고 키가 커요." 그는 말을 이어갔다. "콩을 먹이면 수녀님 묵주처럼 콩알이 그대로 볼록볼록 보일 걸요. 그 정도로 말랐소."

불쌍한 여인들 중 하나가 노인에게 말했다. "거리의 수녀는 말을 안 해요. 한마디도 안 해요."

"미안합니다." 어딘가 고상한 태도가 그의 코크니 억양에 묻어나왔다. "자매님, 음식 고맙소."

노인은 자신의 말이 얼마나 진실된 것인지 절대 모를 터이다. 나는 정말로 그의 '자매'였다. 그 노인은 셜록 오빠였다.

13장

이튿날 아침 아이비 메쉴리는 베이커 가를 다녀온 이후 처음으로 가벼운 마음으로 출근했다. 유능한 비서미스 메쉴리는 이제 더는 조바심 낼 필요가 없었다. 셜록 홈즈는 아이비 메쉴리를 찾고 있는 것이 아니었다. 셜록 홈즈는 방수 외투를 입은 불쌍한 거리의 펜닦개 팔이를 찾고 있었다.

덕분에 기분은 조금 나아졌지만 아직 썩 개운하진 않았다, 셜록 오빠가 날 두고 삐쩍 마른 소녀가 불쌍하게 울고 있었다고 할 때 오빠의 목소리가 떨리고 있었기 때문이었다. 그건 그냥 연기가 아니라 진심이었다.

오빠는 내가 분명 불쌍하게 살고 있는 게 아니란 걸 알 텐데? 오빠는 내가 돈을 가진 걸 알고 있었다.

그러나 아마 허드슨 부인은 셜록 오빠에게, 나를 집

안으로 들였을 때 내가 엄청 비참하게 울고 있었다고 얘기했을 게 뻔하다.

모든 것이 혼란스러웠다. 오직 내 암호책을 다시 찾아오겠단 생각뿐이었던지라 그 소식을 듣고 오빠가 어떻게 생각할지는 미처 몰랐다.

어떻게 하면, 대체 어떤 방법을 써야 내가 잘 지낸다는 안부를 셜록 오빠한테 덜미를 잡히지 않고 전할 수 있을까? '사이언티픽 퍼디토리언' 레슬리 티 라고스틴 박사의 사무실로 들어가면서 나는 그런 생각들을 하느라 골치가 아팠다.

"좋은 아침입니다, 레이디!" 열정만 넘치는 우리 조디가 내 외투를 받아들며 인사했다.

"조디." 나는 퉁명스럽게 말했다. "상사가 너한테 조디란 이름보다 다른 이름이 더 어울릴 것 같다면서 널 제임스라든가 세실, 알저논, 뭐 이런 이름으로 부른다면 어떨까 생각해본 적 있어?"

"음, 아니요, 레이디! 아, 아니, 미스 메셜리."

"그거야, 조디. 나는 네가 날 '미스 메셜리'라고 불러 줬음 좋겠어. 아무튼 조간신문을 갖다줘. 그리고 차도 부탁해."

하지만 신문을 훑어봐도 기분이 나아지지가 않았다. 여전히 엄마에게서는 아무 소식이 없었다.

뭐, 분명 하루나 이틀 안으로…….

하지만 오빠 일과 관련해서 진심으로 엄마의 충고가 필요했다. 내가 뭘 하려면 엄마의 그 대단한 지혜가 필요하다. 오빠한테 나는 잘 있다고 편지를 쓸까? 하지만 그렇게 똑똑한 셜록 오빠가 어떻게든 추적을 해서 날 찾아내진 않을까?

신문의 개인광고 란에 셜록 오빠가 볼 수 있도록 비슷한 메시지를 실어볼까?

하지만 그렇게 하면 아무리 암호 메시지라곤 해도 우리 가족사를 낱낱이 공개하는 꼴이 된다. 이미 나 때문에 셜록 오빠의 자존심에도 금이 갔는데 이 이상으로 무엇이든 더 큰 위험을 자초하고 싶진 않았다. 게다가 차게 식은 키드니 파이 같은 우리 큰오빠가 아직까진 조용했고 사실 별로 신경 쓰이진 않았지만, 큰오빠도 분명 그 메시지를 볼 것이다. 그게 말벌의 둥지를 들쑤시게 될지 어떨지는…… 상상도 하기 어려웠다.

어떻게 해야 좋을지 알 수가 없었다.

머릿속 한편으로 근심이 가득한 채 나는 자리에 앉아 라고스틴 박사의 변변찮은 편지들을 살펴보다가 버리려고 따로 모아둔 종이의 뒷면에 그림을 끼적거렸다. 셜록 오빠가 앞머리를 내린 채 천 모자를 쓴 모습이었다. 특별한 이유도 없이 기분이 좀 나아졌다. 짜증이 나

거나 불안할 때면 나는 늘 그림을 그리고 싶었다. 그래
서 나는 풀스캡 판 종이 한 뭉치를 들고 와 본격적으로
그림을 그리기 시작했다. 셜록 오빠도 또 그리고, 그런
다음 마이크로프트 오빠, 엄마, 다른 사람들도 그렸다.
대부분 얼굴 그림이었다. 그다음으로 나에게 행운을
빌어준 누더기 옷차림의 작은 소녀도 그렸다. 구빈원
계단의 여인들도 그렸다. 검은 보석을 찬 레이디 테오
도라도 그렸다. 머릿속의 생각이 제멋대로 흘렀다. 알
렉산더 핀치의 얼굴도 그렸다.

갑자기 스스로도 깜짝 놀랐다. 알렉산더 핀치의 얼
굴에는 꽤나 비열한 조소가 담겨 있었다.

대체 왜지? 등을 기대고 앉아 눈을 감고 에벤제르 핀
치 앤 선 엠포리움에 찾아갔던 날을 떠올려보았다. 기
억이 머릿속에서 말을 했다.

"……요란한 무정부주의자들이나 좋아할 색이야."
"그녀는 『자본론』을 읽고 있었고 우리는 다수의 착
취에 대해 이야기했죠."
"저에게 프롤레타리아 계급을 보고 싶다고 했지요."
"다만 저는 레이디 세실리가 문으로 걸어 나
가면서 직접 자기 방 창문에 그렇게 사다리를
놓은 것이라고 생각합니다."

183

알렉산더 핀치의 아버지가 그냥 화가 나서 한 말이었을까? 아니면 자기 아들더러 무정부주의자라고 한 것일까?

빅토리아 역 폭탄 테러니 『타임즈』지 사무실 공격, 요 근래 타워 오브 런던 폭파 시도까지 이들 배후에 이 '무정부주의자'들이 있다는 얘긴 익히 들었지만 신문에서 본 것 외에는 외국 영향을 받은 이 암살자들, 이 비밀조직에 대해 아는 바가 없었다. 무정부주의자가 그러니까 마르크스주의자 같은 건가?

하지만 알렉산더 핀치는 레이디 세실리가 마르크스주의자인 것처럼 말했는데?

그러나 그게 사실이라면 레이디 세실리는 왜 그런 신념을 전혀 일기장에 적지 않았을까?

알렉산더 핀치는 레이디 세실리가 제 손으로 직접 창가에 사다리를 놓았을 거라고 주장했다. 그러나 레이디 세실리를 직접 본 적이 있으니 그토록 아담한 여인에겐 불가능한 일이란 걸 알렉산더 핀치도 분명 알았을 것이다.

레이디 세실리는 알렉산더 핀치를 만난 적이 있었다. 레이디 세실리는 그와 편지도 주고받았다. 레이디 세실리는 그와 런던의 골목골목을 탐험하고 다녔다. 그리고 레이디 세실리는 사라졌다.

분명 전혀 연관이 없는 일이라고 하기는 어려웠다.

그러나 경찰은 알렉산더 핀치를 통해 레이디 세실리를 찾는 데 실패했고, 경찰은 아직도 그를 지켜보고 있다…….

이건 알렉산더 핀치의 주장이었다.

내가 그 인간 말을 믿었다니. 경찰이 그를 계속 주시하고 있다는 레이디 테오도라의 말만 철썩같이 믿었다니 이렇게 바보 같을 수가 있나.

나는 알렉산더 핀치에 대해 얼마나, 그러니까 진짜 알렉산더 핀치에 대해 얼마나 알고 있는가.

거의 아는 바가 없었다.

나는 알렉산더 핀치와 다시 이야기를 나누러 가기 위해 자리에서 일어났다.

하지만 이번에 핀치네 백화점을 찾은 것은 아이비 메쓸리가 아니었다. 이번엔 라고스틴 부인이었다. 엄밀히 말하면 라고스틴 부인은 또 아니다. 왜냐하면 오늘은 수수함과는 거리가 먼 풍성한 새틴과 벨벳 소재 데이 드레스를 입었고 수줍어하지도 않을 테니까. 알렉산더 핀치는 나를 깍듯하게 귀부인 대접했었다. 그래, 오늘 나는 귀부인이다. 적어도 대놓고 귀부인처럼 행동할 거다. 그리고 알렉산더 핀치의 반응을 살펴보겠다. 나는 1.6킬로미터에 6펜스 하는 마차를 타고 핀치 앤 선 엠포리움으로 향했다.

춥지만 그래도 나는 바깥에서 건물을 자세히 살펴보고 싶어 앞이 뚫린 이륜마차를 탔다.

마차가 핀치네 백화점 앞에 도착해 멈춰 섰지만 긴 털망토를 휘감은 채 나는 곧바로 내리지 않았다. 대신 시간을 갖고 지켜보았다. 화려하게 반짝이는 황동이며 가스등이며 유리로 장식된 백화점 건물 자체보다는 그 위, 점원들이 하숙한다는 그 건물 위층을 살펴보았다. 지붕창이며 박공이며 배수관이며 등등.

지붕창과 박공, 배수관을 양쪽에서 자세히 계산해보았다.

한편 길 건너편에는 똘똘해 보이는 것과는 거리가 먼 유니폼 차림의 경찰이 서 있었다. 알렉산더 핀치가 나올 때를 대비해 정문에서 지켜보고 서 있는 모양이었다.

흠.

마차에서 내려 실크 장갑, 그 위에 모피 토시를 하고 타조깃털이 달린 모자를 쓴 채 치맛자락을 당당히 끌며 나는 백화점 안으로 들어갔다.

"알렉산더 핀치 사장님과 이야기를 해야겠습니다." 나는 처음 마주친 점원에게 하대하듯 말했다.

주근깨가 있는 허약해 보이는 청년이었는데 눈에 띄게 말을 더듬었다. "알렉산더, 어, 핀치 씨께서는 지금, 어, 자리에 안 계시는 것 같습니다, 레이디."

나는 눈썹을 들어올렸다. 화가 난 것 같은 연기 반, 진짜 놀란 것 반이었다. 이 불쌍한 점원이 지금 날 어려워하진 않는데 알렉산더 핀치는 어려워하는 건가?

여성용 신발 코너의 키 큰 여직원이 알렉산더 핀치를 어떻게 대했는지 떠올랐다.

바로 그 순간 궁금증 하나가 머릿속을 스쳐 지나갔다. 알렉산더 핀치는 왜 굳이 여성용 신발 코너를 골랐을까? 예를 들어, 더 가까이에 장갑 코너도 있었는데?

부츠를 좋아하나 보지, 나는 생각했다. 특히 끈부츠를 말이다. 알렉산더 핀치는 신발끈을 꽉 조이는 걸 좋아했는데 끈을 어찌나 조이는지…….

뇌의 사고보다 직감이 더 빨리 그 사실을 받아들였다. 아주 이상한 오싹함이 온몸을 훑고 지나갔다. 실제로 갑자기 기운이 쫙 빠지면서 두 발로 서 있기가 어려웠다.

"레이디?" 점원의 걱정스러운 목소리가 저 멀리서 들리는 것 같았다.

다른 목소리도 희미하게 들려왔다. 내 목을 조르던 끈을 아직 목에 단 채 의식을 되찾았던 그날 밤처럼.

공포, 흐릿함, 안개, 내 베일을 들어올리던 평범한 남자가 떠올랐다.

알렉산더 핀치를 어디서 본 적이 있는지 생각났다.

주근깨 있는 점원이 소리쳤다. "여기 좀 도와주세요! 기절할 것 같아요!"

아주 탁월한 생각이었다. 원래 계획을 지금 막 180도 수정했으니까. 이제 나는 알렉산더 핀치와 절대 마주치고 싶지 않았다. 알렉산더 핀치가 나를 보면 안 된다. 거짓말로 기절해본 적은 처음이지만 그리 어려운 것 같진 않았다. 눈을 위로 치켜뜨면서 나는 눈꺼풀을 닫았고 그런 다음 바닥으로 쓰러졌다.

"일단 부인을 잡아!" 다른 코크니 억양의 남자 목소리가 가까이서 들렸고 그의 동료가 내 팔뚝 쪽을 잡았다.

아마 그 허약해 보이던 점원이 내 다른 쪽 팔을 잡은 모양이었다. 나는 온몸에 힘을 빼고 축 늘어져 이들에게 몸을 맡겼고, 이들은 어딘가 문을 열고 들어가더니 나를 백화점 한편으로 데려가는 것 같았다. "벤치에 눕혀." 또 다른 목소리가 말했다. 이번에는 여자 목소리였다. "누구야?"

"몰라요. 알렉산더 주인님을 만나고 싶다고 했어요."

"허! 누가 미리 경고를 해줘야겠는걸."

여자의 말대로 이들은 딱딱한 나무 벤치에 나를 조

심히 눕혔다. 누군가 내 하이칼라를 풀기 시작했다. 속
눈썹 사이로 살짝 실눈을 뜨고 보니 나를 보살피고 있
는 이 선한 사마리아 사람은 중년의 여자 하인이었다.
높은 등받이가 달린 벤치는 난로를 향하고 있었고 그
놈의 등받이 때문에 방 안의 반대편은 확인할 수 없었
지만 아마도 점원들이 식사를 하고 차를 마시는 방인
것 같았다.

"주인님을 왜 찾는대?" 남자가 물었다.

"몰라요. 바로 화를 냈어요."

"몸에 걸친 걸 보면 조선소 사장 부인 아닐까? 아니
면 공장 사장 부인이든지? 그 문제 때문에 주인님한테
정신 차리라고 말하려고 온 거 아냐?"

"맨날 하는 얘기지만 공장 애들은 너무 거칠어. 특히
그 성냥공장 여자애들." 손목 피부가 쓸리지 않도록 소
매 단추를 풀면서 여자 하인이 말했다. 그렇게 솔직히
말하는 걸 보면 아마 다른 종업원들과 같은 입장인 듯
했다. "사람들도 사람들이고 그 노동운동이란 것도 말
이야. 화학약품 안 만진다고 고집을 부리고, 이제 하루
겨우 열네 시간 일하면서……."

"주인님은 이제 성냥팔이 애들 불러 모으진 않아요.
지금은 부두 인부들이죠. 그리고……."

"……사람들이 말하는 그 자유시간이란 것도 난 이

해가 안 돼. 뭘 좋아하는 걸 하든지…….”

“……짐마차꾼도 있고, 등등.”

“……자기들 이름에 먹칠하고 착한 가정부 여자애들 꾀어내고. 불쌍한 이 귀부인은 제대로 보살핌도 못 받고 기절하고…… 냄새나는 소금이 어딨더라?”

“아! 여기요!”

다시 한 번 나는 눈을 꼭 감고 정신이 번쩍 드는 그 톡 쏘는 소금향이 코밑에서 진동해도 꾹 참고 누워서 절대 꼼짝도 하지 않았다. 이야기를 더 듣고 싶었다. 누가 내 얼굴이나 정체를 알면 안 되는데, 걱정하면서도 머릿속으로는 설탕에 절인 자두를 본 어린아이처럼 방방 뛰고 아주 그냥 난리가 났다. 조장한다고? 알렉산더 핀치가? 부두 노동자? 성냥팔이 애들? 운동이라니? 조디가 성냥 얘기하면서 무슨 운동 얘기도 했던 것 같은데?

어느 남자 하인이 말했다. “듣자니까 짐마차꾼들은 대부분 점잖은데 부두 노동자들, 그 사람들이 그렇게 노동자 권리 어쩌고 하면서 아주 그냥 난리인 거 같더라고.”

“금방 정신이 들 것 같지가 않네.” 나를 돌보던 하인이 걱정스러운 듯 말했다. “코르셋 끈을 자르게 가위 좀 갖다줘.”

오. 오, 그건 안 돼. 내 코르셋을 보일 순 없어. 나는 슬며시 눈꺼풀을 움직였다.

"잠깐만." 친절한 그 여자 하인이 말했다.

바로 그때 누구라도 알아들을 수 있는 쩌렁쩌렁한 목소리가 가까이서 들려왔다. "거기, 너희들 무슨 일이야? 각자 자리로 돌아가!"

"예, 핀치 씨."

"네, 알겠습니다."

"레이디 한 분이 기절했어요."

"레이디?" 에벤제르 핀치가 버럭 하고 대꾸했다. "무슨 레이디?"

나는 핀치 씨의 주의를 내 쪽으로 돌리고자 신음소리를 냈다.

"의사한테 보내!" 그가 소리쳤다. "너희 남자들은 일하러 돌아가. 레이디 누워 있는데 너희들이 여기 알짱대고 있을 이유 없어."

여러 명의 목소리가 들리고 나서 문이 쾅 닫혔다. 나는 눈을 뜨고 하인에게 희미한 미소를 지어 보였다. 그리고 훨씬 나아졌다고, 정말 고맙다고 말했다. 하지만 나는 사탕을 너무 많이 먹은 것마냥 심장이 뛰었고, 내 정신은 "알짱"댄다는 말에 꽂혀 있었다. 내가 의식을 잃고 길 위에 쓰러졌던 그날 밤 알렉산더 핀치가 그냥 거리를 "알짱"대며 지나가다 날 보았을 가능성도 있을까?

레이디 세실리가 실종된 지 불과 며칠 후에?

경찰이 그렇게 감시를 하고 있었는데?

생각하면 할수록 점점 더 구역질나고 기절할 것 같은 기분이었지만 나는 애써 미소를 지으며 일어나 자리를 떴다. 내가 정말 신경을 써야 할 아주 긴급한 일이 있었다.

14장

어둡고 매연이 잔뜩 끼어 가뜩이나 음침한 날이라 밤이 내리기 전 나는 에벤제르 핀치 앤드 선 엠포리움 주변으로 되돌아왔다. 그사이 내가 한 일에 대해서는 일일이 설명하진 않겠다. 그냥 간단히 말하자면, 아이비 메쉴리로 다시 변장하고 사무실로 돌아갔다가 퇴근해 집에서 나를 완전히 감출 수 있는 옷을 입고 베일을 쓴 채 수녀로 변장한 후 터퍼 부인의 눈을 피해 밖으로 나왔다. 판크라스 역에서 나와 걸어가는데 사람들의 호기심 어린 시선을 받을 수밖에 없었다. 이 동네 사람들은 날 본 적이 없으니 당연했다. 이런 중산층 동네에는 거리의 수녀가 출동할 필요가 없었다.

자선활동을 하러 여기까지 온 건 아니었다. 나는 빈손이었다. 그러니까 나는 장갑 낀 손을 기도하듯 깍지 끼고 모아서 망토 속 숨겨진 단검 자루에 두었다.

나는 눈부시게 빛나는 핀치네 백화점 정면 앞으로는 발걸음도 하지 않았다. 대신 이 일대를 좀 더 자세히 조사하는 차원에서 백화점 건물 뒤편으로 접근했다. 젖소와 마차용 말들이 있는 축사를 지나 새집 그림자 아래서 멈춰 섰다. 다시 한 번 나는 핀치네 백화점 창문들과 지붕 모양, 빗물통을 주의 깊게 살펴보았다. 건물을 이런 관점에서 뜯어본 건 처음이었다. 그러니까 나는 나무를 타듯 건물을 타고 올라갈 수 있는지의 관점에서 이 백화점 건물을 보고 있었다. 겨울에 나무타기 방법을 고민하던 것처럼 나라면 어떻게 할 것인지 답을 찾을 때까지 뚫어져라 각기 다른 루트를 눈으로 그려보았다.

머지않아 어둠이 내리면 아마도 뒤쪽으로 알렉산더 핀치가 내려올 것이라 추측하고 나는 다시 한 번 몸을 감추기 위해 다시 한 바퀴 돌아 축사로 돌아간 다음 내가 편히 기다릴 만한 자리를 찾아 그곳에 자리를 잡았다.

예상대로 어둠이 아직 짙게 깔리기 전, 해가 질 무렵 알렉산더 핀치가 지붕 위에서 나타났다. 건물을 타고 내려오려면 시야가 확보돼야 할 터이고, 그렇다고 남의 눈에 띄게 불을 들고 다닐 순 없을 테니까 말이다. 괴물 애벌레처럼 그는 지붕널과 타일을 무릎과 팔꿈치

를 써서 기어갔다. 거리에서 혹은 백화점 뒷문에서 주
시하고 서 있을 경찰의 시선을 피해 고개를 숙이고 말
이다. 그가 굴뚝 뒤를 지날 때면 내 시야를 벗어났지만
잠시 후 다시금 나타났다. 이렇게 건물을 타고 다닌 것
이 한두 번이 아닌 듯 날렵한 몸놀림으로 그는 건물 사
이 틈을 훌쩍 뛰어넘었다. 지붕 끝에 다다른 그는 처마
로 내려와 한 바퀴 획 돌더니 수도관을 타고 뚜껑 달린
나무 물통 위로, 그리고 잡화점 화물 출입구 쪽의 자갈
길로 내려왔다.

알렉산더 핀치가 주변을 두리번거리는 동안 나는 그
의 창백한 얼굴을 알아볼 수 있었다. 전에 봤을 때 같
은 멋쟁이 차림 대신 그는 진한 색상의 거친 플란넬과
코듀로이 소재 작업복을 입고 천 모자를 쓰고 있었다.
주변에 아무도 없는 걸 확인하자마자, 아니 아무도 없
다고 생각하자마자 그는 성큼성큼 거리로 걸어 나갔다.

나는 그가 앞서가게 내버려뒀다가 한참 후 그림자에
서 나와 그를 따라갔다.

이곳 런던 북서부 일대는 이스트엔드처럼 그렇게 가
난하진 않았다. 밤의 여인들도 없고 길모퉁이에 공동
수도도 없었다. 이 동네 사람들은 자기들만의 추잡함
과 자신들만의 배수관을 갖고 있었다. 그러나 특색 있
는 동네도 아니었고 딱히 부자 동네라고 할 수도 없었

195

다. 알렉산더 핀치의 얼굴처럼 특징이 없는 이곳의 거리는 적당히 붐비고 적당히 한산했다. 여긴 내가 잘 모르는 동네였다. 여기 와본 건 손가락으로 꼽을 수 있었다. 왓슨 박사를 만나러 왔을 때 한 번, 암호책을 가져가려 셜록 오빠네 하숙집에 왔을 때 또 한 번, 그리고 에벤제르 핀치 앤드 선 엠포리움에 '쇼핑'을 하러 왔을 때 두 번까지. 네 번 정도로는 모험을 할 만큼 길을 충분히 익힐 수 없었다. 알렉산더 핀치를 따라가다 길을 잃은 게 당연했다.

여러 번 그를 거의 놓칠 뻔했다. 우연히도 이날 밤은 평소보다 안개가 덜했지만 그래도 어둠은 깊었다. 템스 강변길 일대에 설치된 전기등을 본 적 있었다. 그야말로 신기함 그 자체였고 거의 밤이 낮이 된 것마냥 밝았다. 전기등과 비교해 가스등의 흔들리는 불빛은 방해만 될 뿐 밤을 완전히 밝혀주진 못했다. 알렉산더 핀치는 거리의 다른 사람들과 마찬가지로 그냥 그림자로만 확인할 수 있었고, 그가 가로등 바로 아래를 지날 때에만 그를 확실히 볼 수 있었다.

196

그렇다면 그도 마찬가지로 날 볼 수 없을 거란 생각에 나는 거리 한가운데로 걸었다. 절대 다시는 그러고 싶진 않다. 낮에도 위험하겠지만 밤에는, 게다가 온통 검은 옷을 입고 있다면 위험은 두 배였다. 석유램프에 불을 밝히고 있어도 마차를 모는 마부들은 내가 피했으니 망정이지 안 그랬으면 날 밟고 지나갔을 것이다. 흙과 말똥 등등이 얼어붙어 뭐라 불러야 할지 모를 그런 미끄러운 길바닥에서 마차를 피하기란 쉽지 않았다. 한번은 그냥 넘어질 뻔했고 또 한번은 발을 헛디뎌 정말 넘어졌다. 말발굽에 짓밟히지 않도록 나는 자갈길 위를 굴렀다. 이미 젖어버린 치마와 망토를 끌고 겨우 일어나는데 막 또 엄청나게 요란한 소리를 내면서 클라이즈데일 한 마리가 목재를 가득 실은 수레를 끌며 지나갔다.

그러고 보니 짐마차와 수레가 정말 많았다. 알렉산더 핀치가 나를 이끈 곳은 시장이 있는, 아마도 코벤트 가든 부근에 인접한 웬 창고 일대였다. 대체 여긴…….

궁금해하던 찰나 알렉산더 핀치가 형편없는 광고가 걸린 낡은 문 앞에 멈춰 섰다.

베드 6펜스(1박)
여성전용실 8펜스
차·빵·목욕 추가요금 있음

그러니까 싸구려 여인숙 중에서도 가장 저렴한, 벼룩이며 이가 득실대는 침대가 줄지어 있는, 머리가 다 빠져가는 불쌍한 그 구빈원 계단의 여인이 얼마 되지도 않는 소지품을 도둑맞은 곳과 같은 그런 공동하숙소였다. 아마 이런 데서 그 여인은 피부병을 얻었을 것이다.

아직 확신은 없었지만 알렉산더 핀치는 아마 여기서 누구를 만날 것 같았다.

그러나 문을 두드리는 대신 그는 이 지저분한 건물 코너를 돌아나가 시야를 벗어났다.

입술을 잘근잘근 씹으며 나는 거리 건너편에서 똥물을 뒤집어쓴 검은 동상처럼 서 있었다. 솔직히 그냥 뭘 해야 할지 모르는 상태였다. 건물 사이 좁은 공간으로 알렉산더 핀치를 따라 들어가면 그는 분명 나를 알아볼 것이다. 그러나 그를 따라가지 않는다면…….

그래, 따라가야 한다.

험한 말을 중얼대며 나는 성큼성큼 길을 건넜다. 그러나 공동하숙소 건물에 점점 가까워지자 알렉산더 핀치는 없고 웬 낯선 남자가 그림자 밖으로 나왔다. 긴 검은 머리에 스페이드 모양의 검은 턱수염을 가진 남자였다. 수염은 덥수룩하고 안경도 없는데 얼굴에선 눈 주위만 허옇게 보였다. 내 쪽을 보고 있는 건 아니었지만 눈빛은 어딘가 힘이 있었다. 밤중인데도 희한하게 빛나는 그 눈빛은 거의 은색에 가까웠다. 베일 속에서 입이 쩍 벌어지는데 행여 무슨 소리라도 새어 나갈까봐 나는 엄청나게 애를 썼다.

알렉산더 핀치였다. 변장을 한 것이었다. 그러나 그 천 모자, 플란넬 셔츠, 코듀로이 재킷과 바지 덕분에 나는 그를 알아보았다.

자기 일에 열중하느라 그는 다른 행인들 사이에서 나를 알아채지 못했다. 알렉산더 핀치가 돌아서서 공동하숙소 문을 두드릴 때 나는 그가 방금 나온 은신처로 몰래 들어갔다.

그는 문이 열릴 때까지 차분히 기다리지 않고 쾅쾅 문을 두드렸다. 그런 다음 겉으론 부드럽지만 톡 쏘는 말투로 그가 물었다.

"레이디, 바깥 공기 좀 쐬시겠어요?"

여자는 대답하지 않고 겁에 질린 동물처럼 어두운 문밖으로 빠져나왔다. 나 같으면 저런 곳엔 솔직히 개도 안 보낸다.

"랜턴 줘."

랜턴을 갖고 나왔다고? 정말 그런 모양이다. 뭔가 움직임이 있더니 알렉산더 핀치가 성냥을 그었다.

그리고 레이디 세실리의 모습이 드러났다. 나는 울음을 터뜨리지 않도록 애를 썼다. 알렉산더 핀치가 나를 이쪽으로 이끌지 않았다면 절대 찾지 못했을 것이다. 아무리 레이디 테오도라라고 해도, 이렇게 더럽고

199

엉겨 붙은 머리카락 위로 천을 두른 채, 떨고 있는 어깨 위엔 숄 하나 겨우 걸치고, 낡아서 올이 다 드러난 거적때기 같은 치마를 입고 발에 누더기를 감고 있는, 이렇게 수척하고 창백해진 딸을 알아보진 못했을 것이다. 나도 수차례 스케치를 한 덕분에 겨우 눈앞의 광경을 믿을 수 있었으니까 말이다.

커다란 바구니를 들고 다니는 거지 소녀가 레이디 세실리였다.

알렉산더 핀치는 랜턴에 불을 밝힌 후 레이디 세실리에게 랜턴을 건넸다. 레이디 세실리는 무언가 아주 소심하게 말을 했는데 나한테까진 들리지 않았다.

"일부터 먼저." 그가 큰 소리로 대답했다. "먹을 건 그다음에."

레이디 세실리는 다시 뭐라 중얼대며 그 큰 눈으로 애원했다.

그러나 이번엔 대답이 없었다. 그는 화가 난 듯 입술을 삐끔거리더니 레이디 세실리를 가만히 쳐다보며 자기 손을 레이디 세실리의 얼굴 앞으로 가져가 손가락에서 뭐라도 흘려보내는 것처럼 행동했다. 그의 얼굴은 아주 평온했고 신기한 그 밝은색 눈은 무언가에 엄청나게 집중해선 강렬한 빛을 내뿜고 있었다. 그는 레이디 세실리의 머리 주변에서부터 어깨까지 구불구불선을 그렸다. 직접 내 눈으로 보지 않았다면 그 광경을 절대 믿을 수 없었을 것이다. 알렉산더 핀치는 레이디 세실리에게 손도 대지 않고 그야말로 자기 종처럼 만들었다. 레이디 세실리의 눈에서는 모든 희망과 열망, 그 희미한 생명력마저 사라져버렸고 이제 그녀는 먼지가 앉은 더러운 유리종 안의 도자기 인형처럼 서 있었다. 어디에도 없을 것 같은 그런 누더기 차림의 굶주린 도자기 인형처럼.

"일부터 먼저." 그녀의 주인이 다시금 말했다. "먹을 건 그다음에."

레이디 세실리를 돌아보지도 않고 검은 턱수염에 긴 머리의 이 악당은 패딩턴 역 방향으로 걸어갔다. 레이디 세실리는 랜턴과 바구니를 들고 마치 그의 팔꿈치에 매달린 누더기처럼 절뚝이며 그를 따라갔다. 알렉산더 핀치가 평균보다 더 큰 키도 아니었는데 레이디 세실리는 고개를 푹 숙이고 있어서 겨우 그의 어깨 높이 정도밖에 되지 않았다.

두 사람의 뒤에 계속 남아 이번에는 호사스럽게 인도를 밟으며 둘을 따라갔다. 머릿속은 공포와 호기심과 추측이 뒤섞여 어지러웠다. 내가 본 걸 그대로 다 소화할 수가 없는 기분이었다. 동시에 또 다른 한편으론 당장 어떻게든 이 상황을 멈추고 레이디 세실리를 구해야 한다는 긴박함이 온몸으로, 심지어 피부에까지 느껴졌다. 하지만 어떻게? 그리고 정확히 무슨 상황을 멈춘단 거지?

아직 상황 파악이 제대로 되지가 않았다. 일단 지켜보는 수밖에 없었다.

술집 건너편 모퉁이 가로등 아래 거칠어 보이는 남자들이 모여 있었다. 알렉산더 핀치가 그들에게 인사를 하기 위해 멈춰 섰고 레이디 세실리는 아이처럼 그의 뒤를 졸졸 따라다니고 있었다. 서로 악수를 나눈 다음 그들은 무슨 나무상자 같은 것을 설치했고 알렉산더 핀치는, 내가 알렉산더 핀치라고 믿고 있는 저 검은 턱수염의 사기꾼은 즉석에서 만들어진 그 연단에 올라가 연설을 시작했다. 나는 그림자 속에 계속 숨어 있었기 때문에 연설을 제대로 듣기엔 거리가 너무 멀었지만 "자본주의자들의 억압", "착취된 노동력을 기반으로 건설된 제국", "노동자의 권리" 같은 말들을 들을 수 있었다. 지금 내가 보고 있는 저 알렉산더 핀치가 바로 신문에서 기고가들이 말하는 그 "외부세력의 영향"이고, 핀치네 백화점 점원들이 말하던 것처럼 그는 지금 짐마차꾼들과 부두 노동자들의 소요를 조장하고 있었다. 점원들이 젊은 주인의 밤나들이 행각을 알고 있었다는 사실은 전혀 놀랍지 않았다. 하인들을 비롯한 그네들은 언제나 모든 것을 알고 있다. 비록 자기네들 이외 다른 사람들에게 말하진 않겠지만 말이다.

연단에 올라가며 알렉산더 핀치는 레이디 세실리에게 무언가 명령을 했고 레이디 세실리는 이제 그에게서 약간 떨어져 모퉁이 건물 벽에 고정돼 있는 다른 가스등 아래 목석처럼 선 채, 연설을 듣기 위해 멈춰 서는 사람들에게 바구니에서 하얀 무언가를 꺼내 나눠주었다.

세상에. 조디가 '종이'를 나눠주는 걸 봤다고 했었다.

팸플릿이었다. 노동조합이나 뭐 그런 무리를 조직하기 위한.

이미 상당수 남성 군중과 소수의 여성들이 알렉산더 핀치의 연설을 들으려 모였다. 어쩌면 내가 가까이 다가가도 이 군중의 일부로 여겨질지 모른다. 어쩌면 거리의 수녀라고 딱히 눈에 띄지 않을지도 모른다.

잠시 고민한 끝에 위험을 감수하기로 했다.

서두르지도, 주저하지도 않으려고 노력하며 나는 레이디 세실리 쪽으로 걸어갔다.

"……인민의 아편이란 말입니다!" 턱수염 붙인 알렉산더 핀치는 정말이지 열변을 토했다. "우리 선량하신 잉글랜드 귀족 나으리들이 어릴 적 즐겨 부르던 찬송가 가사 중에 이런 게 있습니다. '위대하든 사소하든 신께서 이 모든 창조물을 다 만드셨으니— 성 안의 부유한 자, 그 성문 밖 가난한 자, 신은 이들을 높고 또 낮게 만드시고 그들의 자리를 명하셨으니.' 참 간단도 하죠. 그 훌륭하신 신이란 분이 이 나라 인구의 4분의 3은 죽어라 일하면서 뼈를 깎고 정신은 황폐해지는 그런 가난 속에 살라고 명하고, 선택받은 소수는 하루 종일 하는 일이라곤 하인들 도움을 받아가며 옷을 다섯 번씩 갈아입는 것뿐인 그런 인생을 살라고 명하셨단 말입니까?"

그의 연설은 열정적이고 명쾌했다. 추종자들이 따를 법도 했다. 굉장했다. 나는 알렉산더 핀치의 말에 대부분 동의했다. 그런 자가 이런 짓을 저지를 수 있다니 믿기 힘들었다.

그러나 진실을 말하는 악당도 있는 법이다.

끝자락에 있는 군중들 가까이 다가가자 몇몇 사람들이 고개를 돌리긴 했지만 대부분은 충격을 받아서든 감명을 받아서든 하여간 연설에만 관심이 있었다. 핀치의 경우 연설에만 열중해서 부디 검은 망토에 베일을 뒤집어쓴 자선의 수녀를 알아채지 못길 바랐다. 설사 핀치가 날 알아본다 해도 불쾌했던 그날 밤 우리의 만남을 깊이 생각할 여유는 없을 것 같았다.

바구니를 든 레이디 세실리는 우리 주변으로 먼지가

폴폴 날리는데도 여전히 그대로 멍하니 아무 말 없이 서 있었다. 내가 그 앞을 지나가자 레이디 세실리는 팸플릿을 내밀었다.

앞으로 다시 이런 날이 있을지 모르겠지만 오늘 밤만큼은 거리의 수녀가 입을 열어야 했다.

"레이디 세실리." 나는 팸플릿을 건네받으며 속삭였다.

그녀는 나를 쳐다보지 않았다.

"레이디 세실리!" 나는 부드럽게 그녀의 귀에 대고 말했다. 이번에는 못 들었을 리가 없다.

그런데도 레이디 세실리는 아무런 반응이 없었다. 심지어 눈 한번 깜박하지 않고 숨도 한번 안 내쉬고 흘끗 쳐다보는 것도 없었다. 심지어는 놀라서 움찔하는 그런 반응조차 없었다.

"우리는 마땅한 권리에 따라 평화로운 집회를 두 번 가졌습니다." 모퉁이 연단의 연사가 열정적으로 말했다. "조합의 깃발 아래 우리는 웨스트엔드를 향해 우리를 기억해달라 요구하며 트라팔가 광장으로 행진했습니다. 그런 우리를 경찰은 곤봉으로 때렸습니다. 우리가 피를 흘리며 패배를 선언하고 철수하자 한 의원은 '굶주리려면 다락방에서나 굶주릴 일이지 감히 부자들과 무역상들이 있는 거리에서 시위를 하다니 어이가 없다'고 했습니다."

군중은 이제 길 건너 반대편 인도까지 흘러넘쳤건만 검은 머리 연사의 목소리 외에는 아무 소리도 들리지 않았다. 강렬한 알렉산더 핀치의 눈빛은 자력처럼 군중을 훑고 지나갔고 청중은 이 남자에게 도취돼 있었다. 그들의 시선은 마치…….

　그래, 이제 알았다.

　이들은 최면에 걸렸다.

　레이디 세실리처럼.

15장

최면술이라니. 뮤직홀 공연에나 나올, 사람들이 모이면 오락거리로 소비하는 그런 최면술이라니.

직접 본 게 아니라면 나도 믿지 않았을 것이다.

그러나 나는 알렉산더 핀치가 레이디 세실리에게 어떻게 하는지 직접 봤다. 베일리 부인이 말했던 것처럼 핀치는 그 짧은 시간 동안 '자성의 손길'로 레이디 세실리를 훑고 눈빛으로 레이디 세실리를 관통했다. 그러자 레이디 세실리는 지금 이렇게, 배고픔도 잊고 누더기 차림으로, 힘없이 기계처럼, 길모퉁이에서 무정부주의자들의 팸플릿을 나눠주고 있었다.

레이디 세실리를 보고 있자니 좌절감에 소리라도 지르고 싶었다. 진심으로 레이디 세실리를 돕고 싶었고, 레이디 세실리를 구해서 자유를 주고 싶은, 하여간 그런 마음에 휩싸였다. 하지만 뭘 어떻게 해야 하지?

경찰관을 불러와야 하나? 하지만 그쪽에선 레이디 세실리가 사라진 것도 알지 못할 테니 그녀를 굳이 붙들어놓을 이유도 없었다.

레이디 테오도라에게 달려가 지금까지 확인한 내용을 얘기하고 알리스테어 경 부부가 직접 당국에 지원을 요청하도록 할까? 하지만 그러려면 족히 몇 시간, 어쩌면 하루가 걸릴 수도 있는데 그 와중에 레이디 세실리한테 무슨 일이라도 생기면?

"그네들의 제국주의 경찰에게 우리를 탄압하라고 합시다." 알렉산더 핀치는 길모퉁이의 관중에게 울부짖었다. "다시 한 번 그들에게 피의 일요일을 선사합시다! 다음번엔 두들겨 맞은 머리에서 흐른 피로 깃발을 붉게 물들일 것입니다. 다음번엔 혁명의 붉은 깃발을 휘날릴 것입니다!" 그러자 남자들은 거친 함성을 지르고 새로운 구세주를 향해 환호하며 누더기 모자를 공중으로 던져 올렸다.

208

그러나 나는 저 긴 검은 머리 가발과 가짜 턱수염 뒤에 숨은 자가 노동계급 영웅과는 거리가 멀다는 걸 알고 있었다.

그는 가짜였다. 그는 부유한 백화점 소유주 아들이었다.

그는 자신에게 환호하는 관중을 보며 자랑스러워했다.

그는 군중 앞에서 자기 영향력을 행사하는 것을 즐기는 것 같았다.

그가 휘두르는 영향력의 통제를 받고 있는 레이디 세실리를 지켜보며 나는 그녀를 다시 놓치지 않기 위해 잠시라도 한눈을 팔면 안 된다는 생각이 들었다. 나는 레이디 세실리를 알렉산더 핀치에게서 구출해내야 한다. 바로 여기서. 당장.

하지만 어떻게? 최면을 풀어야 하나? 불가능한 일은 아니었다. 최면을 거는 움직임을 거꾸로 하면 된다고 들은 적이 있었다. 나한테 어울리는 그런 행동은 아니었다. 그대로 레이디 세실리를 안아 들고 보쌈을 해갈까? 그럼 레이디 세실리는 울며불며 나에게서 벗어나려고 할 테니 도리어 내가 납치범으로 몰릴 것이다. 레이디 세실리는 분명 저항할 것이다. 비록 저렇게 길들여져 무슨 비둘기마냥 고분고분 눈을 내리깔고 서서 팸플릿을 나눠주고 있지만 나는 레이디 세실리에게 다른 면이 있다는 걸 알고 있었다. 흐리멍덩한 파스텔화를 그리던 레이디 세실리 말고 대담하고 어두운 그림을 그리던 왼손잡이 여인 레이디 세실리…….

잠깐만.

레이디 세실리, 최소한 내가 레이디 세실리라고 믿

고 있는 저 가난한 소녀는 '오른손'으로 종이를 나눠주고 있었다.

그런 생각이 들자 별안간 추측이며 가설이며 희망이 동시에 전기처럼 번쩍하고 바보 같은 이 내 정신을 일깨웠고, 그 순간 아마 내 눈은 불스아이 랜턴(한 면 이상이 볼록한 유리로 돼 있는 랜턴-역주)만큼이나 커졌을 것이다. 베일 속에 숨겨진 내 입이 떡 벌어졌다. "오, 이런 세상에!"

오.

오, 과연 내가 할 수 있을까. 저런 악당에게 휘둘리는 건 고분고분하고 말 잘 듣는 오른손잡이 레이디 세실리일 거란 가정하에 그녀에게서 왼손잡이 레이디 세실리를 끄집어내는 일 말이다.

비밀스럽고 반항적인 왼손잡이 레이디 세실리가 지금 내 앞에 있는 이 온순한 여인 속 깊숙이 최면에 걸리지 않고 숨어 있다면 어서 빨리, 전신을 이용하는 것처럼 그렇게 즉각 이야기를 나눠야 한다.

본능적으로 나는 어떻게 해야 할지 감이 왔다.

레이디 세실리의 목탄화는 유독 나에게 뭔가 울림을 주었다. 내 안에 깊숙한 무언가를 건드린 느낌이었다. 레이디 세실리가 거의 영혼의 단짝처럼 느껴질 정도였다.

어쩌면, 그냥 어쩌면이지만, 레이디 세실리도 그 비

숫하게 날 알아볼지 모른다.

그래서 주머니 속에서 연필과 종이를 꺼냈다(나는 늘 종이와 연필을 들고 다녔다). 나는 선전용 팸플릿을 펼쳐 종이를 그 뒤에 숨긴 후 가스등 앞에 서서 야위고 힘없는 누더기 소녀만 볼 수 있게 그림을 그렸다.

역시 본능적으로 뭘 그려야 할지 감이 왔고, 나는 레이디 세실리가 만끽했을 자유를 어떻게 하면 가장 잘 보여줄 수 있는지 알고 있었다. 나는 내 평생 그 어느 때보다도 빠르고 정확하게 스케치를 해나갔다.

나는 레이디 세실리 같은 숙녀가 현대적인 '터키식 블루머' 바지를 입고 자전거 페달을 밟으며 자기 힘으로 앞으로 나아가는 장면을 그렸다. 나도 그렇게 자전거 타는 걸 아주 좋아했다. 머리며, 모자에 달린 리본이 바람에 날리는 가운데 미소를 짓고 있는 강하고 아름다운 레이디 세실리를 그렸다.

연필을 슥슥 이리저리 움직이며 나는 옆눈질로 불쌍한 오른손잡이 소녀가 점점 움직임이 없어지면서 정치적 팸플릿을 나눠주는 임무를 잊어버리고 있다는 걸 확인할 수 있었다. 레이디 세실리는 뻣뻣하게 굳었고 그녀의 눈은 내 그림에 고정돼 있었다.

211

나는 연필을 왼손으로 바꾸어 쥐었다. 아주 형편없었지만 그림 아래편에 오른쪽부터 왼쪽으로, 거울에 비춰야 읽을 수 있는 방향으로 글씨를 휘갈겨 쓰기 시작했다. "누가……."

그러나 내가 좀 과했던 모양이었다. 레이디 세실리는 바구니를 떨어뜨리곤 내가 질문을 채 다 쓰기도 전에 왼손으로 내 연필과 종이를 채갔다. 레이디 세실리는 이제 더는 멍하니 서 있지 않았다. 그녀는 작고 차가운 불길처럼 나에게 따져 물었다. "감히 무슨 짓이지? 뭐하는 거야? 넌 누구냐?"

다행히 주변 사람들은 우리에게 전혀 관심이 없었다. 관중은 모두 알렉산더 핀치의 연설에 공감하며 함성을 지르기에 바빴다. 핀치는 소리쳤다. "피털루에서처럼(피털루의 학살: 1819년 영국에서 일어난 민중 운동 탄압 사건-역주) 그들이 기사의 검을 휘두르며 우리를 학살하라고 합시다. 그래도 우리는 굴하지 않을 것입니다!"

레이디 세실리는 나에게 검을 휘두르고 싶은 것 같았다. "정체가 뭐지?"

그 기사의 비유가 어찌나 강렬한지 그 순간, 그러니까 뭐라 답해야 할지, 레이디 세실리를 어떻게 진정시킬지 모르는 그 위기의 순간 나는 충동적으로 거리의 수녀라면 절대 하지 않을 짓을 했다.

처음이었다.

나는 베일을 들어올렸다.

레이디 세실리가 내 얼굴을 볼 수 있도록.

길고 수수하고 '키케로' 같은 내 얼굴을.

레이디 세실리는 날 뚫어져라 쳐다보았다. 깊이 숨을 한번 들이마시더니 촛불을 끄듯 훅 하고 숨을 내쉬었다. "아니," 레이디 세실리의 목소리는 부드러웠다. "그냥 여자애잖아."

레이디 세실리는 의아하면서도 흥미롭다는 듯 나를 계속 추궁했다.

"그림을 아주 잘 그리네." 그녀가 덧붙였다.

레이디 세실리가 남몰래 그렸던 그 훌륭한 목탄화가 떠올랐다. 내 얼굴에 어떤 표정이라도 드러난 모양이었다. 그녀가 날 보고 웃었다.

"수녀가 아니네." 레이디 세실리는 친구를 대하듯 가볍게 농담조로 말했다. "그런 이상한 옷을 입고 대체 뭘 하고 있는 거니?"

레이디 세실리에게 우리가 같은 계급이자 여러 모로 비슷한 부류라는 뜻을 전달할 수 있도록 나는 최대한 상류계급 억양으로 대답했다. "레이디 세실리, 무슨 상황인지 아마 궁금할 사람이······."

나는 준남작의 딸이 누더기 차림으로 여기 있는 이유를 물을 생각이었다. 그러나 자기 이름을 듣고 레이디 세실리는 소리를 지르며 그 자리에서 얼어붙었다. 마치 내가 자기 이름을 부르는 걸 처음 듣는 사람 같았다. 아까 내가 그렇게 이름을 불렀을 땐 귀가 먹었다가 이제는 소리가 잘 들리기라도 하는 것처럼.

다행히 레이디 세실리의 비명소리는 관중의 환호에 묻혀 도드라지지 않았다.

"레이디 세실리," 나는 다시 시도했다. "경계하실 필요 없어요. 저는 그냥 친구가 되어드리고 싶어요. 어디 따뜻하고 안전한 곳으로 함께 가서 저녁도 좀 대접하고 그 누더기도 벗겨드리고요."

레이디 세실리는 자기 모습을 내려다보더니 다시 깜짝 놀란 눈빛으로 나를 쳐다보았다. 그런 다음 어리둥절하고 반쯤 겁을 먹은 채 주변을 둘러보았다. 레이디 세실리는 자기가 어디 와 있는지 모르는 것 같았다.

"여기 모인 사람들은 아주 불쾌해요." 나는 조심히 말했다. "갈까요?" 나는 알렉산더 핀치와 그 추종자들에게서 레이디 세실리를 떼어놓고자 그녀의 왼손, 장갑하나 없이 추위에 트고 푸르딩딩해진 불쌍한 그 손을 잡고 이끌었다.

"노동자들은 연대할 권리가 있습니다. 공정한 시간당 급여를 받기 위해서," 길모퉁이의 연설가는 고함쳤다. "또 적정한 근로일수를 위해서!"

레이디 세실리는 그 자리에 멈춰 섰다. "아니," 그녀는 말을 더듬었다. "아니, 나, 난 그럴 수 없어."

"왜요?" 무엇보다 레이디 세실리를 다시 흥분하게 해선 안 됐고 동시에 나도 레이디 세실리도 알렉산더 핀치의 주의를 끌어서는 안 되었기에 나는 부드럽고 차분한 목소리로 말했다.

"그 사람은, 내가 존경하는, 큰 뜻이 있는 분이야. 카메론 쇼라는 이름은 잉글랜드 역사에 남을 거야. 언젠가 위대한 인물이 될 거라고."

"누구요?"

"카메론 쇼!" 레이디 세실리는 열정적인 눈빛으로 연단에서 관중을 향해 연설을 하고 있는 검은 머리, 검은 턱수염의 남자를 가리켰다. "그 이름을 한 번도 들어보지 못했단 말야?"

신뢰가 가는 목소리로 나는 차분하게 대답했다. "그 사람 얘기라면 좀 우려스러워요. 어떻게 만나셨어요?"

"그게, 아주 이상했어……." 레이디 세실리의 미간이 찡그려졌고 다시 어리둥절한 표정이 됐다. 이내 눈에는 눈물이 고였고 길 잃은 아이처럼 추위에 떨었다.

"가요." 나는 그런 다음 다시 레이디 세실리의 손을 잡고 앞장서 갔다.

215

첫 번째 모퉁이에서 나는 알렉산더 핀치가 고개를 돌렸을 때를 대비해 다른 길로 방향을 틀었다. 그런 다음 반쯤 얼어붙은 채 발은 대충 누더기만 휘감아놓아 제대로 걷지 못하는 레이디 세실리가 좀 더 편안히 따라올 수 있게 속도를 늦췄다. 동시에 지금 우리가 어디 있는지도 파악하고 어느 방향으로 가야 할지 확인하려는 이유도 있었다. 사람들도 전혀 보이지 않았고 인기척도 없었다. 아마 겨울밤엔 거의 사람이 없는 동네인 듯했다. 비록 소매치기이자 살인마 '잭 더 리퍼'까지 가로등 사이사이 안개와 자욱한 매연에 가린 그림자 속에 숨어 도사리고 있을지도 모르지만 말이다.

밤의 추위와 두려움 때문에 레이디 세실리는 이가 부딪힐 정도로 덜덜 떨며 묵주알 맞부딪는 소리를 냈다. 잠시 멈춰 서서 힘을 내야 할 때를 대비해 주머니에 항상 넣고 다니는 사탕을 꺼내 레이디 세실리에게 주었다. 레이디 세실리가 겨우 사탕 하나를 까서 입안에 넣을 동안 나는 털안감이 대어져 있는 장갑을 벗어 그녀의 차디찬 손에 끼워주었다. 그러고는 온기를 나눌 수 있도록 레이디 세실리를 내 망토 자락 안으로 불러들였고 레이디 세실리가 내 여동생이라도 된 듯 그녀의 어깨 위로 왼팔을 둘렀다.

그런 다음 발걸음을 재촉하며 오른손으로 단검 자루

를 더듬었다.

"그러니까 이, 음, 카메론 쇼라는 사람은 어떻게 만나신 거예요?" 나는 다시 한 번 부드럽게 물었다.

"나는, 그게, 제대로 설명할 수가 없어. 아마 나더러 미쳤다고 할걸."

"절대 안 그래요. 어떻게 된 건데요?"

"꿈에서였어." 레이디 세실리가 대답했다. "그러니까 내가 자고 있는데, 꿈속에서 이 검은 머리 천사가 나타나더니 자기의 하녀가 돼서 자기의 대장정을 함께해달라고 했어."

"아." 뭔가 위로와 격려의 말 같은 걸 했다고는 생각하는데, 사실 그 이야기를 듣고 머릿속에 떠오르는 이미지로 인해 몸서리가 쳐져서 최대한 자제해야 했다. 내 머릿속에는 변장을 한 악당이 곤히 잠든 레이디 세실리의 침대맡에 선 채 그 괴상한 눈으로 그녀를 응시하며 레이디 세실리가 잠에서 완전히 깨기 전에 그 '활력'이란 걸로 최면을 걸기 위해 그녀의 얼굴 위로 손을 훑고 있는 장면이 그려졌다.

"난 선택받았어." 레이디가 떨면서 말했다. "소명의 부름을 받은 거지. 잔다르크처럼." 217

"네, 이해가 돼요."

"그래, 이해하지?" 다행이다. 내 목소리에서 격앙된

감정이 많이 드러나지 않았나 보다. 레이디 세실리는 서둘러 이야기를 이어나갔다. "일어나 보니 한밤중이 었는데, 방에는 아무도 없었지만 너무 강력한 부름이 라 침대에서 일어났어. 뭘 해야 할지 전혀 혼란스럽지 도 않았어. 내가 입을 수수한 옷이 놓여 있었어. 빨래하 는 여자들이 입는 그런 치마와 블라우스, 숄이 놓여 있 었어. 나는 잠옷 위에 그 옷들을 입었어. 창문이 열려 있었지. 창문을 타고 나가서 아래로 내려갔어. 아래로, 아래로……."

두려운 기억이 떠올랐는지 레이디 세실리는 말을 멈 추고 걸음도 멈췄다. 우리는 어느 교차로에서 멈춰 섰 는데, 어느 쪽을 둘러봐도 낯설었고 심지어 서쪽으로 가야 할지 남쪽으로 가야 할지 방향조차 알 수 없었다.

확신이 없는 상태에서 나는 옆길로 가보기로 하고 다시 레이디 세실리를 인도하면서 말했다. "사다리를 타고 말이죠."

"어떻게 알아?" 그러나 레이디 세실리는 내 대답을 기다리지 않고 이야기를 계속했다. "응, 사다리를 타고. 높이도 너무 높고 흔들거려서 정말 무서웠어. 하지만 해야만 했어. 그 사람, 그러니까 카메론 쇼가 아래서 날 기다리고 있었어."

"그전에 만난 적이 있었어요?"

"아니, 전혀! 꿈에서 말곤 없었어. 그러니까 그렇게…… 이상한 거지."

그러니까 레이디 세실리는 가발을 쓰고 가짜 수염을 단 알렉산더 핀치를 알아보지 못했다.

알렉산더 핀치. 백화점 주인집 아들. 평범한 청년 같았던 첫인상을 떠올렸다. 옷차림은 '신사' 같았지만 잔뜩 차려입었다는 점 외엔 인상적이지 않았다. 에벤제르 핀치에게 혼이 날 때엔 얼마나 목석처럼, 영혼 없이 서 있던지.

이제는 이해가 됐다. 알렉산더 핀치의 분노는 그냥 사그라든 게 아니었다. 그 모든 분노를 그는 속으로 쌓아두었다. 그것도 평생 동안.

그렇게 그는 절대 신뢰가 가지 않는 이런 사람이 된 거였다.

레이디 세실리가 갑자기 뻣뻣하게 굴었다. 마치 꼭두각시처럼, 누군가 줄을 조정하고 있는 것처럼 그녀는 멈춰 서서 이상한 목소리로 말했다. "돌아가봐야 해."

"어디로요? 집으로?"

"난 집이 없어."

"당연히 집이 있죠. 준남작님 저택이잖아요."

"맨날 제국의 짐이니 인간의 진화니 그런 얘기나 하면서 바지 입고 작위만 있으면 되는 그런 남자한테 날

219

시집보낼 생각만 하는 아빠가 있는 그 집으로? 아니. 난 그곳으로 돌아갈 수 없어."

나는 레이디 세실리의 어깨 위로 팔을 더 꼭 둘렀다. 레이디 세실리의 진심에 감동을 받아서였다. 그녀와의 대화도 감동이었다. 혼자 사는 것도 물론 아주 좋지만 그간 다른 사람과 친밀한 대화를 가질 일이 별로 없었는데, 심지어 나와 아주 비슷한 소녀와 이야기를 하는 것만으로도 인간의 온기를 느꼈달까.

"다른 선택지도 있지요." 내가 말했다.

"네가 선택한 그런 삶 말이야? 어떻게 한 거야? 넌 누구니? 아직 네 이름을 말 안 했어."

정말이지 나도 말하고 싶었다. 나에 대한 모든 이야기를 털어놓고 싶었다.

특이하고 괴짜 같은 이 외로운 소녀 에놀라 홈즈에 대해.

어쩌면, 어쩌면 레이디 세실리를 꼭 흐리멍덩한 파스텔화를 그려야 하고 정중하게 오른손으로 차를 마셔야 하는 그런 삶으로 되돌려보내지 않아도 될지 모른다.

어쩌면 그 대신 레이디 세실리도 나와 함께 이렇게 살 수 있지 않을까? 자매처럼.

16장

입술이 떨리는 것이 느껴졌다. 숨소리도 가빠졌다. 나는 입을 열고 이렇게 말하고 있었다. "에놀라예요. 제이름은 에놀라 홈즈예요."

이제 레이디 세실리에게 내 이야기를 하려고 했다. 나에 대한 모든 이야기를 다 털어놓으려는 바로 그 순간, 어둠 속에서 들리는 목소리 하나가 내 이야기를 가로막았다.

"세실리! 이리 와!"

그녀의 주인이었다.

목소리는 꽤 가까웠다.

결국 나는 길을 잃고 알렉산더 핀치에게서 레이디 세실리를 멀리 빼돌리지 못한 채 같은 곳을 맴맴 돌았던 것이었다. 그리고 아마 이렇게 말하면 허풍이라고 생각할지 모르겠지만 진심으로 알렉산더 핀치의 분노는 무슨 한밤중의 거대한 자연의 힘처럼 느껴졌다. 진짜다. 검은 그림자 속에서 나는 그의 분노의 파장이 느껴졌다.

레이디 세실리는 겁먹은 새끼사슴처럼 놀라 움츠러들면서 이내 떨기 시작했다. "돌아가야만 해." 레이디 세실리는 겁에 질려 속삭였다.

"안 돼요!" 도망칠 곳이나 몸을 숨길 데가 있는지 나는 주위를 열심히 둘러보며 레이디 세실리를 붙잡았고 드디어 내가 아는 길이 하나 나왔다. 저쪽은 내가 가본 적이 있는 곳이다. 이제 우리가 있는 곳이 어디쯤인지, 어느 쪽으로 도망가야 할지 파악했지만······.

레이디 세실리가 나에게서 달아났다.

"레이디 세실리, 안 돼요!"

레이디 세실리는 뒤돌아보지도 않고 작별인사조차 하지 않았다. 그녀는 실제로 내가 부르는 소리를 듣지 못한 것 같았다. 레이디 세실리는 달려가지도 않았다. 그냥 몽유병자처럼 알렉산더 핀치에게 걸어갔다. 이제 나는 알렉산더 핀치를 제대로 볼 수 있었다. 길 저 끝에 서 있는 어둠보다 더 검은 형체를. 내가 그림자 속에 그대로 굳은 채 서 있는 동안 레이디 세실리는 이제 원래 흰 옷이었다고 믿을 수 없을 정도로 때가 탄 누더

기를 입고 발을 질질 끌면서 맹목적으로 알렉산더 핀
치를 향해 걸어갔다.

"세실리!" 가로등 불빛으로 그는 레이디 세실리가 돌
아오는 걸 확인했다. 하지만 전혀 반가워하는 기색은
아니었다.

무시무시한 위험이 들려왔다.

"감히 일을 안 하고 사라져? 이리 와."

알렉산더 핀치는 내가 여기 있는 걸 모르는 것 같았
다. 아직은. 나는 베일을 잡아당겨 얼굴을 가렸다.

그가 레이디 세실리를 향해 접근했고, 레이디 세실리
는 그를 향해 걸어갔다. 그림자가 깔린 황량한 길 한가
운데서 두 사람은 마주섰고, 레이디 세실리는 마치 잘
못이라도 한 아이처럼 고개를 숙이고 있었다. 알렉산
더 핀치는 무시하는 듯하면서도 비열한 말투였다.

두 사람에게 가까이 다가가면서 혹시 무슨 소리라도
낼까봐 신경 쓰느라 나는 알렉산더 핀치가 뭐라고 하
는지 그 내용은 듣지 못했다.

알렉산더 핀치는 턱수염을 붙인 얼굴을 숙이더니 레
이디 세실리의 얼굴에 입김을 불어넣으려고 했다. 레
이디 세실리가 움찔했다.

223

그림자가 가장 짙은 쪽에 숨어 이리저리 방향을 틀
어가며 나는 들키지 않고 두 사람에게 이제 상당히 근

접했다.

"잘 들어. 이 쓸모없는 계집 같으니, 내가 말하면 넌 들어." 내가 한쪽에서 까치발을 하고 그의 쪽으로 다가 가는데 알렉산더 핀치가 그렇게 말했다. 그의 분노는 그 자체로도 무서웠지만 진짜 무서운 게 있었다. 레이 디 세실리에게 명령하는 건 최면술사였다. 코브라 같 은 눈빛으로 레이디 세실리를 무력하게 만드는 그 최 면술사였다. "나한테 복종하지 않으면 벌을 받는다. 오 늘 밤 너는 나한테 복종하지 않았으니 저녁은 없어. 내 가 방금 뭐라고 했지? 말해봐."

알렉산더 핀치의 메아리처럼, 혹은 유령처럼 레이디 세실리는 속삭였다. "복종하지 않았으니……."

바로 그 순간 나는 돌진했다. 거리의 부랑아처럼 소 리를 지르며 이 최면술사의 얼굴로 두 손을 뻗어 머리 를 잡아당겼다. 그야말로 닥치는 대로 괴성을 내지르면 서 있는 힘껏 잡아당겨 나는 한 손으로 그의 가발을 벗 겼다. 다른 한 손으로는 그의 가짜 턱수염을 뜯어냈다.

레이디 세실리가 비명을 질렀다. 코르셋을 입고 있 었더라면 기절했을지도 모른다. 레이디 세실리는 헉 소리를 내더니 기력을 되찾고 울부짖었다. "알렉산더 핀치?"

색 입힌 안경도 쓰지 않은, 그야말로 발가벗은 얼굴

의 알렉산더 핀치였다. 그는 뭘 어떻게 해야 할지 무슨 말을 할지, 아무것도 모르는 것 같았다.

"알렉산더 핀치!" 레이디 세실리는 소리를 지르며 분노했다. 예상한 대로였다. 레이디 세실리는 자신이 존경하는 사람이 자신을 부당하게 이용하는 것까진 참을 수 있었지만 자기를 속이는 것은 참을 수 없었다. "이 사기꾼! 가짜 같으니!" 나는 손에 그 역겨운 가발과 턱수염을 들고 서 있었고, 순간 갑자기 모든 것이 역전됐다. "당신이 어떻게 날 이렇게 바보로 만들어!"

"조용히 해." 알렉산더 핀치는 레이디 세실리에게 여전히 전과 같은 권위적인 태도로 말했다.

"조용히 해? 이 벌레 같은, 아니 이 구더기 같은 인간!" 창백한 피부와 둥근 머리와 흐릿한 눈까지, 알렉산더 핀치는 정말 구더기를 닮아 보였다. "벌레 같은 인간, 내가 조용히 했으면 좋겠지? 아니, 잉글랜드 경찰이 전부 당신의 악명을 들을 때까지 난 멈추지 않을 거야." 레이디 세실리는 돌아서서 걸었다. 분노한 레이디 세실리의 눈빛은 면도칼처럼 날카로웠고 당장이라도 핀치의 배를 가를 수 있을 것 같았다.

그러나 이 남자는 부끄러움이란 걸 몰랐다. 핀치는 레이디 세실리를 붙잡았다. "어디 나한테 등을 돌려! 내가 말하고 있잖아."

레이디 세실리는 그의 손아귀를 빠져나가 씩씩하게
걸어갔다. 도망가진 않았다. 누더기로 싸인 언 발로 그
녀는 귀족처럼 천천히 걸었다. 어쩌면 레이디 세실리
도 한때는 이중인격을 갖고 있었는지 모르지만 이제는
아니었다. 아무도 그 순간 그녀를 보고 가난한 소녀로
착각하지 않을 터였다. 레이디 세실리는 템스강을 항
해하는 배처럼 나아갔다. 레이디로서, 한 걸음 한 걸음.

"이봐 아가씨, 넌 날 거역 못 해!"

레이디 세실리는 아무 대답도 않고 계속 걸어갔다.

"건방진 계집, 내가 경고한다." 비록 알렉산더 핀치가
목소리를 높이진 않았지만 내 목에 솜털까지 다 쭈뼛
설 정도로 그의 목소리에서는 어딘가 가장 서늘한 구
석이 느껴졌다.

이중인격?

아니, 지킬 박사와 하이드 씨 같은 건 레이디 세실리
가 아니었다.

나는 레이디 세실리가 점점 더 걸음을 재촉하는 걸
보았다.

"어떤 건방진 계집도 나한테 등을 돌릴 순 없어!" 핀
치는 그렇게 소리치며 주머니에서 무언가를 꺼내 휘둘
렀다.

뭔가 기다란 거였다.

흰색 긴 줄이 동그랗게 말려 있었다.

꼭 한밤중에 흰 뱀이 꿈틀대는 것처럼.

이미 의심하고 있었고 심증 또한 있었는데도 실제로 보니 그건 또 다른 문제였다. 잠시 놀라서 나는 아무 생각도 할 수가 없었고 그저 막으려 달려들 수밖에 없었다. "안 돼!"

전혀 소용이 없었다.

그는 주먹 한번 휘두른 정도로 아주 간단하게 날 제압했다. 그의 손등에 맞아 내가 한쪽으로 붕 나가떨어지자 그때부터 그는 나에게 더는 신경을 쓰지 않았다. 어쩌면 그는 지난번 우리가 만났을 때를 기억할지도 모른다. 그리고 그때처럼 내가 그렇게 겁에 질려 도망가길 기대했을지도 모른다. 어쩌면 그는 여성이라면 모두 비명을 지르거나 기절하거나 도망치는 것 외에 달리 할 수 있는 게 없다고 생각했는지도 모른다. 어쩌면 사람을 죽일 정도로 분노했을 땐 아예 아무 생각이 없을 수도 있겠다.

아무튼 그 한 방에 나는 자갈길로 나가떨어졌고 모든 기운이 다 빠진 채 그 자리에 그대로 퍼져 있었다. 잠시 마비가 됐다. 움직일 수가 없었다.

그러나 보이지 않는 건 아니었다.

나는 그 미친 악당이 맹수처럼 레이디 세실리를 향

227

해 달려드는 장면을 보았다. 그는 뒤에서 레이디 세실리를 덮치며 그녀의 머리 위로 목을 조르기 위한 끈을 건 다음 꽉 조였다.

레이디 세실리의 얼굴이 일그러졌다. 눈을 위로 치켜뜬 채 손은 다급하게 목을 조여드는, 자신의 생을 마감하게 할지 모를 그 끈을 더듬었다. 끔찍했던 그날 밤 내가 그랬던 것처럼…….

그리고 그렇게 무섭고 숨 막히는 짧은 순간 나는 '꼭지가 돌아버린다'는 말이 무슨 뜻인지 새삼 체감하게 됐다. 얼마나 분노가 차올랐으면 그 힘으로 나는 벌떡 일어났다. 어찌나 격렬하게 찾아마지 않았던지 이미 단검도 손에 들려 망토 밖으로 튀어나와 있었다. 나는 무기를 들고 그자에게 돌진했다.

잔인한 인간. 자기가 힘을 행사하기를 좋아한다는 이유로 레이디 세실리를 노예처럼 대해도 되는 건 아니다. 마찬가지로 날 공격할 이유도 없었다. 내가 거의 의식을 잃고 숨이 곧 넘어갈 듯하자 내 얼굴을 확인하면서 그 상황을 즐기려고 목 조르기를 멈춘 인간이다 (물론 지나가는 다른 행인들 때문이었을 수도 있지만 말이다).

"이 구더기야!" 나는 소리쳤다. "이, 하수구 쥐새끼 같은 인간. 혐오스러운 변태야!" 그에게 칼을 꽂으며 이 악마 같은 인간에게 뭐라 욕을 퍼붓고 싶었지만 그런 걸 배우며 자라지 않아서 험한 욕을 할 수가 없었다.

나는 그의 심장 대신 부풀어 오른 위팔 근육에 칼을 꽂았다. 아무리 괴물이라지만 죽이고 싶지는 않았다.

거친 울음소리와 함께 그는 그 불쾌한 범죄 도구를 손에서 놓았다. 레이디 세실리는 자갈길로 떨어졌다.

알렉산더 핀치가 내 쪽으로 몸을 돌리면서 내 공격을 막으려고 팔을 들었던 것 같은데, 사실 거의 기억이 안 난다. 기억나는 거라곤 내가 그의 팔이나 어깨 쪽을 또 찔렀다는 것뿐이다. 분노의 핏빛 안개에 반쯤 눈이 멀어 나는 그를 몇 번이고 찌르고 또 찔렀다. 내가 몇 번이나 그를 때린 건지, 제대로 때리긴 한 건지, 내가 무슨 저주를 퍼부었는지 혹은 그가 나한테서 칼을 빼앗으려고 했는지 다 기억이 나질 않는다. 나중에 정신이 들었을 땐 내가 허공에 단검을 찌르고 있었다.

나는 눈을 깜박였다. 그가 도망가는 발소리가 들렸다. 갑자기 눈앞이 깨끗해지면서 자기 팔을 움켜쥐고 도망치는 알렉산더 핀치의 모습이 눈에 들어왔다.

자갈길 위로 피가 곳곳에 흩뿌려져 있었다.

그리고 차가운 거리 위에는 누더기 차림의 레이디 229 세실리가 뒤틀린 채 누워 있었다. 레이디 세실리는 창백했고 아무런 움직임이 없었다.

자비로운 신 덕분에 고래수염으로 된 하이칼라를 입

고 있었던 나는 그날 밤 공격에도 살아남았지만 레이디 세실리는 그런 것을 입고 있지 않았다.

그녀는 죽은 듯이 누워 있었다.

"제발, 안 돼." 나는 속삭였다. 분노가 두려움으로 바뀌면서 몸이 떨리기 시작했다. 피투성이 단검을 다시 가슴 안쪽 칼집에 넣으려는데 무슨 생각이 들어서가 아니라 그냥 손이 마구 떨렸다. 레이디 세실리 옆에 무릎을 꿇고 앉는데 부드러운 그녀의 목에 얼마나 깊이 상처가 났는지가 보이자 나는 간절히 애원했다. "제발." 레이디 세실리의 목에서 끈을 제거하려고 하는데 손이, 내 손이 너무 심하게 떨려서 그 도구를 제대로 잡을 수조차 없었다.

미친 듯이 나는 레이디 세실리의 목을, 손목을 짚어 보았다. 아직은 맥박이 뛰고 있었다. 그런 것 같았다. 하지만 나 역시 하도 떨리는 상태라 정확하지 않았다.

도움이 필요하다. 레이디 세실리는 도움을 받아야 한다.

그리고 희한하게도, 어쩌면 천우신조의 기회로 나는 어디로 가야 할지 알 수 있었다.

멀지 않았다.

내 팔에 축 늘어져 있는 레이디 세실리를 안고 나는 휘청거리며 이 부근에 있는 소박한 주택 겸 사업장 한 곳을 더듬더듬 찾아갔다. 밤이니 물론 문은 닫혀 있었고 셔터도 내려져 있고 자물쇠까지 잠긴 상태였지만 휘청거리며 문까지 그 흰 돌계단을 올라가 거기 기대서서 한 손을 꺼내 남은 힘을 모두 짜내어 황동 문고리를 두드렸다.

문이 열릴 때까지 미친 듯이 계속 두드렸다. 아직 쇼크 상태인 레이디 세실리를 안고서 나는 거의 현관 앞 복도에 쓰러질 것처럼 비틀거렸다.

하녀가 나와 나를 응접실로 들여보내줬지만 나는 하녀를 제대로 보지 못했다. 아직 충격에서 벗어나지 못한 내 시선은, 저녁식사 직후인지 한 손에 술잔을 들고 막 서재에서 나오는 신사에게 고정됐기 때문이었다. 이 신사, 왓슨 박사도 나만큼이나 놀란 눈빛이었다.

왓슨 박사에게 무언가 말하려고 했지만 말이 목에 턱 걸려 밖으로 나오지가 않았다. 이 선량한 의사 바로 옆에서 그와 저녁식사를 같이한 그의 친구가 걸어 나왔기 때문이었다. 셜록 홈즈, 우리 오빠였다.

17장

다행히 나는 겁먹은 반응을 비칠래야 비칠 수가 없었다. 이미 지금 나는 극도로 겁을 먹은 게 자명하게 남들 눈에 보일 정도의 상태였기 때문이다. 어차피 얼굴이야 검은 베일에 가려 있으니 상관없었다.

역시나 다행히 왓슨 박사도 셜록 오빠도 나보다는 축 늘어진 채 목숨을 잃을지도 모를 이 숙녀에게 관심이 쏠려 있었다.

"세상에!" 성큼성큼 다가와 왓슨 박사는 아이를 안듯 레이디 세실리를 안아 들었다. 거의 뛰어가다시피 왓슨 박사는 레이디 세실리를 따뜻하고 밝은 빛이 있는 서재로 데려갔다.

그 뒤를 따라가며 오빠가 물었다. "숨은 쉬고 있어?"

"미미하게."

그럼 살았다. 그 말을 듣자 갑자기 약간 어지러우면서 붕 뜨는 기분이 들었다. 마치 짐을 지고 있다가 하나 던 것같이 가벼워진 느낌이었다.

왓슨 박사는 가죽 소파 위에 레이디 세실리를 눕힌 후 그녀의 손목에 손가락을 댔다. 숙련된 손놀림이었다. "맥박이 약해. 셜록, 브랜디를 줘!"

오빠는 이미 브랜디를 가지러 가느라 내 쪽에서 등을 돌리고 있었다. 응접실의 하녀는 저쪽 계단 기둥에 곧 기절할 것처럼 매달려 있었다. 지금 돌아서서 문을 나서면 어둠 속으로 사라질 수 있다.

그랬어야 했다. 나로서는 남아 있을 이유가 없었다. 레이디 세실리야 충분히 보살핌을 받을 것이다.

그리고 내가 그 자리에 있어서는 안 될 이유를 따져보면 한두 가지가 아니었다. 왓슨 박사의 관심이 나한테로 쏠릴지도 모른다. 그의 친구도 마찬가지고. 우리 오빠가 나를 알아볼 수도 있었다. 게다가 바보같이 내 입으로 이름을 말해버리는 바람에 정신을 되찾으면 레이디 세실리가 내 이름을 기억하고 얘기할지도 모른다.

어느 쪽을 생각해봐도 지금 떠나는 게 가장 나은 선택이었다.

그런데도 나는 촛불에 이끌린 커다란 검은 나방처럼 다른 사람들과 함께 방 안에 유령처럼 남아 있었다.

셜록 오빠와 함께.

친구가 되고 싶었던 소녀와 함께.

그리고 아빠였으면 싶은 왓슨 박사와 함께.

환자 옆에 무릎을 꿇고 앉아 목에서 끈을 제거하며
왓슨 박사가 소리쳤다. "대체 얼마나 짐승 같은 자길래
거지 소녀 목을 조른단 말인가!" 그는 통로를 향해 소
리쳤다. "로즈, 경찰을 불러줘!"

아마도 응접실의 그 하녀가 로즈인 모양이었는데,
지금 대답을 할 수 있을 정도로 상태가 멀쩡할지 알 수
가 없었다.

왓슨 박사의 팔꿈치 옆에 브랜디를 들고 서서 셜록
오빠가 말했다. "거지 소녀가 아냐. 치아 상태를 봐. 평
생 보살핌을 잘 받은 사람이라고."

브랜디를 부으며 왓슨 박사는 대답이 없었다.

"피부며 외모를 봐. 이 환자는 귀족가문 숙녀야."

"그런 숙녀가 그럼 이런 데서 뭘······."

오만한 우리 오빠는 왓슨 박사의 말을 끊었다. "의문
점이 좀 있지." 오빠는 서재 바로 문 앞에 서 있는 나를
향해 돌아섰다. 오빠한테서는 한 3미터쯤 되는 거리였
다. 셜록 오빠의 강철 같은 회색 눈이 더럽혀진 내 망토
에 고정됐다. 오빠는 눈썹을 들어올렸다. "저건 피인가?"

아마 그럴 것이다. 흙먼지길 위로 질질 끌고 뒹굴고

하여 더럽혀진 검은 옷은 가스등 아래에서 무슨 흔적인지 정확히 판단하기 어려웠다.

"피?" 오빠 말을 확인하기 위해 왓슨 박사 역시 나를 보더니 잽싸게 일어났다. "부인, 어디 다치셨나요?"

사실 나도 다쳤다. 알렉산더 핀치의 공격으로 얼굴에 멍도 들고 아팠다. 하지만 베일을 그대로 쓴 채 나는 고개를 흔들며 아니라고 했다.

다시 한 번 도망칠 기회가 있었고 도망쳤어야 했지만 웬 치명적인 동경이 내 발목을 잡았다.

왓슨 박사가 물었다. "말씀을 안 하시네요?"

"거리의 수녀는 말을 하지 않는다고 들었네." 셜록 오빠가 친구를 돌아보지도 않고 말했다. 오빠의 회색 눈이 마치 내 베일을 뚫어버릴 것처럼 나를 쳐다보고 있었다.

"아니면 이분도 부상을 입고 충격을 받은 상태거나 말이야." 왓슨 박사가 말했다. "확실히 피 같긴 하군. 양도 꽤 많아 보이고."

"뭔가 결론을 내기엔 자료가 충분하지 않아." 오빠는 그렇게 말하더니 나에 대해 조사를 시작하려고 했다. 235

나는 단검을 휘둘렀다.

오빠는 그 자리에 멈춰 섰다. 우리 사이의 거리가 2미터도 채 안 됐을 것이다. 면도날처럼 날카로운 칼을 꺼내 위협하자 그 순간 모든 것이 멈춘 것 같았다. 째깍대던 시계조차 멈춘 것 같았다. 그야말로 정적 그 자체였다.

은색의 칼끝에는 붉은 피가 묻어 있었다.

한참을 이어가던 침묵이 무너졌다. 왓슨 박사가 절제된 목소리로 침묵을 깼다. "수녀 본인의 피 같진 않네, 셜록."

"그럼 누구 피인지 꽤나 궁금하군." 위대한 탐정이 중얼거렸다. 그런 다음 오빠는 내 쪽을 향해 평화로우면서도 진정하라는 듯한 자세로 손을 펼쳐 보이며 나를 설득하거나 꼬드기려고 했다. "친애하는 자매님……."

친애하는 자매라.

그 말에 기분이 이상하고 묘했다.

"허튼 수작 마!" 이런 또렷하고 귀족적인 목소리가 나 스스로도 낯설었다. 베일을 쓸 때에는 전혀 튀어나올 일 없는 목소리니까 말이다. "난 도움 필요 없어. 하지만 레이디 세실리는……." 나는 칼끝으로 아직 의식을 찾지 못한 채 소파 위에 누워 있는 레이디 세실리를 가리켰다. "유스타스 알리스테어 경의 딸, 레이디 세실리는 더 많은 도움이 필요해요." 비록 레이디 세실리 본인은 도움을 받고 싶어 하지 않을 것 같지만 말이다. 특히 그 비밀스러운 왼손잡이 자아의 분리에 대한 도움이라면. 그러나 경찰이 오고 있다면 나는 설명할 시간이 없었다. 나는 말을 이어나갔다. "레이디 세실리의 목을 조른 악당은……."

오빠의 목소리는 깨질 것처럼 갈라졌다. 아마 믿을 수 없어서 그런 것 같았다. 셜록 오빠가 말을 멈췄다. "에놀라?" 오빠의 얼굴은 잘 다듬어진 대리석 조각처럼 날카롭고 창백했다.

"입 다물고 내 말 들어." 멜로드라마 같은 걸 찍을 시간이 없었다. 할 말을 얼른 마무리 지어야 했다. "잘 들어요. 레이디 세실리의 목을 조른 이는 알렉산더 핀치, 한때 레이디와 용케도 친구로 지냈던 청년이에요. 그 청년은 최면을 걸어서 레이디 세실리를 납치했어요. 알렉산더 핀치는 카메론 쇼라는 노동운동가로 변장하고 다녀요. 거리에서는 아마 변장하고 다닐 거고, 내 칼에 맞았으니 어디 외과나 병원에 가면 찾을 수 있을 거예요."

부디 왓슨 박사가 내 얘기를 잘 들었길 바랄 수밖에 없었다. 우리 오빠는 내 얘길 제대로 듣고 있지 않았기 때문이다. 오빠의 반응은 초지일관이었다. "에놀라?"

정의를 위해 내가 할 수 있는 건 전부 한 다음 나는 목소리를 누그러뜨렸다. "친애하는 오라버니, 내 걱정은 그만해요. 암호책 가져간 날 내가 오빠 책상에 남겨

놓은, 양파 한 조각 들어 있는 손수건 못 봤어?"

나는 그 눈물이 연기였다는 것을 오빠에게 확실히 얘기해두고 싶었다.

그러나 오빠는 무슨 말인지 전혀 이해를 못 했다. 오빠는 나를 향해 몸을 기울이고만 있었고, 그의 설화석고 같은 외모는 주체할 길 없는 감정을 그대로 드러냈다. "에놀라, 이성적으로 행동해야지. 이런 바보 같은 짓을 혼자서, 옆에 누구 어른 하나 없이 이렇게 제멋대로 하면 안 돼!"

넋이 나간 듯해 보이던 왓슨 박사가 무슨 말인가를 하려는 것 같았다. 무슨 얘기가 나올까 두려워하던 찰나 레이디 세실리가 움직이면서 신음소리를 낸 덕분에 왓슨 박사는 다시 그녀에게로 관심을 돌렸다.

레이디 세실리는 회복할 것이다. 이제 레이디 세실리와 우정을 나눌 수 있을 거란 희망은 사라졌다. 가슴이 어딘가 찌릿했다. 이제 레이디 세실리가 안전한 걸로 나는 만족해야 했다.

그리고 그녀가 언제든 꼭 자유를 찾기 바란다.

나처럼.

"오빠." 나는 진심을 담아 나직하게 말했다. "난 혼자 잘 지내. 고마워."

"지금 넌 괜찮다, 이 얘기니?"

"응. 엄마는 조금 걱정이 돼. 최근 메시지를 보낸 후에 엄마한테서 아직 답이 없었거든."

"어머니가 어디 계신지 얘길 해. 그럼 내가 찾을 테니까!"

아! 오빠도 결국은 다 알지는 못했다!

나는 대답했다. "엄마는 아무리 힘들어도 그걸 원하진 않을 거야."

"에놀라, 넌 그럼 엄마처럼 살겠다 이거니? 너만 괴로운 길이야!"

"친애하는 셜록 오라버니," 나는 아주 부드럽게 말했다. 비록 오빠가 다가오지 못하게 여전히 단검을 들고 방어 태세를 취하고는 있었지만 말이다. "나한테 가장 괴로운 일은 자유를 잃고 결혼과 가정의 의무라는 전통적 생활을 강요당하는 거야."

"그건 말이 안 돼. 품위 있는 모든 여성들의 소명이란 사회에서 주어진 자신의 위치를 찾는 거라고." 오빠가 나에게 한 발짝 더 다가왔다.

나는 칼을 들고 공격 자세를 취하면서 오빠가 더 다가오지 못하게 했다. "경고하는데 더 가까이 오지 마." 사실 내가 오빠를 해칠 리가 없지만, 오빠야 날 잘 모르니 어쨌든 더 다가오진 않았다.

"나는 네 말을 도저히 믿을 수 없다." 오빠는 그야말로 사정했다. "얼굴만 보여줘."

오빠한테는 사소한 부탁이었지만 나는 허락할 수 없었다. 왓슨 박사가 내 얼굴을 보고 아이비 메윌리를 알아챌지도 모른다. "아니." 순간 그게 내 주의를 돌려 칼을 뺏으려는 시도라는 생각이 들었다. 베일을 벗으려면 두 손을 써야 할 테니까. "아니, 너무 똑똑한 우리 오라버니여, 내 생각은 달라." 내 목소리는 여전히 부드러웠다. 오빠가 내 말투에서 오빠를 향한 이 애정 어린 마음을 느낄 수 있길 바랐다. "이제 갈게. 마이크로프트 오빠에게도 안부 전해줘……."

등 뒤에서 우당탕탕 하는 소리가 들렸다. 칼을 망토 속에 숨기자마자 나는 돌아서서 서재를 나왔고 응접실의 그 하녀와 경찰이 막 문으로 들어왔다.

"잡아요!" 셜록 오빠는 거의 절규했지만 하녀는 꽤 흥분해서 경찰을 레이디 세실리가 누워 있는 곳으로 재촉했고, 나는 오빠가 다시 한 번 소리치기 전에 문을 빠져나와 거리를 달렸다.

"쟬 잡아요!" 그날 밤 셜록 오빠의 목소리는 나팔처럼 울려 퍼졌다. 뒤를 따라오는 경찰의 우둔한 발소리와 오빠의 길고 가벼운 발소리가 들려왔다.

나는 포식자에게 쫓기는 동물처럼 계단의 난간을 뛰어넘었고 하인들이 지내는 지하실 쪽으로 떨어졌다.

자유를 잃으면 나는 죽는다. 나는 그렇게 내 인생을 구하기 위해 뒷길로 도망쳤고 공구창고며 구빈원이며 축사 등으로 이어지는 미로 속으로 접어들었다. 숨을 고르면서 생각을 좀 하려고 잠시 마차 보관소에 숨어 있는데 오빠가 경찰과 이야기하는 소리가 들렸다. 잠시 후 경찰이 길모퉁이에서 다른 경찰과의 연락을 위해 멈춰 섰다.

아, 어찌나 훌륭한지. 잠시 후면 런던의 모든 경찰관이 날 찾아 나설 것이다.

"랜턴 좀 가져다줘." 오빠가 누군가에게 요청했다. "그리 멀리 가진 못했을 거야."

나는 여전히 앞이 제대로 보이지 않는 상태에서 마차 보관소 저쪽 끝으로 계속 달려갔다. 절망적이었다. 거리엔 경찰이 순찰을 돌 테고 우리 오빠는, 셜록 홈즈는 마차 정거장이며 우사며 마구간을 개조한 작은 집들이 늘어선 거리의 그림자까지 샅샅이 뒤질 것이다. 숨을 곳이 없었다.

검은 망토와 두건, 베일, 수녀복. 이 차림새를 보면 나인 줄 알 것이다. 앞으로도 영원히. 이것들을 벗어버려야 했다.

하지만 그다음은 어떻게 하지? 붉은색 플란넬 속옷을 입고 집으로 달려갈까?

변장을 하고 추적을 따돌리려면 은신처가 필요했다.

하지만 어디로 가야 하나. 남자라면 모두 나에게 도움의 손길을 내밀지 않을 텐데?

그리고 여자들이 손을 내밀 수 있을지는 전부 남자들에게 달려 있는데 말이다.

나는 다른 여자들과 다른 선택을 했다. 그럼 앞으로 늘 이런 식일까? 달리고, 숨고, 피하고, 변장하고? 에놀라, 혼자서?

그 질문에 대한 답보다 이제 뭘 해야 좋을지 생각하라고 스스로를 몰아세우며 나는 자갈이 깔린 큰길로 달려나갔다. 이곳은 어딘가 낯이 익었다…….

베이커 가였다.

그럼 그렇지.

내 발은 셜록 오빠가 나를 절대 찾지 않을 곳으로 나를 데리고 갔다. 아마도 내 발이 두뇌보다 여실히 더 똑똑한 모양이다.

다시 희망이 생기면서 힘이 나 221번지를 향해 달려 집 뒤편으로 갔다. 작은 뒷마당에는 단풍버즘나무라고 하는 우둘투둘한 나무 하나가 있었다. 예전에 이 집을 와본 적이 있어 알고 있었다. 나무기둥을 타고 올라가는 거야 식은 죽 먹기였고, 주방 현관의 지붕으로 올라가는 것도 크게 위험하진 않았다.

제때 몸을 피했다. 막 숨을 헐떡이며 들어와 앉는데 경찰 두 명이 베이커 가 반대편 길을 지나가면서 이야기를 나누고 있었다. "여자애인데 수녀 복장을 하고 있대, 경사님 말로는."

"칼을 들고 있고 제정신이 아니래." 다른 사람이 대답했다. "의외지만 하여간 위험하다네."

"히스테리 부리는 거지." 다른 경찰이 점잔을 빼며 말했다. "여자들 자주 그래."

셜록 오빠도 날 그렇게 생각하는 건지 궁금했다. 제정신이 아니고, 히스테리를 부리는.

그래, 어쩌면 그럴지도 모른다.

조용하게 움직이려고 나는 부츠를 벗고 아마도 오빠네 침실 창문으로 보이는 쪽 지붕으로 가로질러 갔다. 조심히 창문을 열자 생각보다 쉽게 열렸다. 예상한 대로 창문은 잠겨 있지 않았다. 오빠도 결국 우리 엄마 아들인지라 밤중에 차가운 공기를 마시는 것이 건강에 좋다는 잠자리 습관을 지키고 있었다.

안으로 몰래 들어가 창문을 닫고 난 후 내가 생각하고 있던 옷을 찾기 위해 오빠의 옷장을 뒤졌다. 나는 이미 뭘 훔쳐 입을지 계획을 세웠다. 오빠는 변장용 옷이 많았다. 가끔 할머니로 변장하고 나갈 때도 있는 것 같았다. 치마, 숄, 머리에 쓸 것, 이 정도면 충분했다.

그런 다음 일단 쉬면서 기다리다 아래층에서 문이 열리는 소리가 나면 그때 다시 왔던 길로 빠져나갈 것이다.

이제 다시는 자비의 수녀로 변장할 수 없었다. 아이비 메쉴리도 전적으로 안전하지 않을 수 있었다. 셜록 오빠는 왓슨 박사와 분명 그날 밤 일을 이야기할 것이고 왓슨 박사는 '라고스틴 박사'를 찾아간 일을 고백할지도 모른다.

레이디 세실리를 다시 볼 수 있을까.

아마 다시 못 볼 것이다.

나에게 있어서 안전하고 자유로운 유일한 길은 내 이름이 말해주고 있는 바로 그 길이다. 에놀라. 혼자서.

베이커 가 221번지 난로에 땔감을 채워 넣으며 그런 생각이 들자 마음이 아팠지만 또 한편으로 위안이 되는 부분도 있었다. 오빠가 알든 모르든, 좋든 싫든, 셜록 오빠는 가족이 줄 수 있는 그런 안식처를 나에게 주었다. 오빠가 나에게 은신처를 제공해준 것이다.

1889년 2월,
아직 추위가 풀리지 않은 겨울

동틀 녘, 위대한 탐정은 계단을 올라 집으로 향한다. 그의 발걸음은 평소답지 않게 무겁다. 지난 몇 시간 동안 손에 잡힐 듯 잠깐 앉아 있다가 밤 속으로, 유령처럼 사라져버린 검은 나비를 찾아다니느라 피로와 좌절감이 밀려왔기 때문이다. 하지만 여동생은 유령이 아니다. 젠장. 그 앤 그냥 말라비틀어진 빗자루 같은 소녀다. 날개가 달린 것도 아니고, 싸늘한 이 런던에서 어디로 정말 날아가버렸을 그런 가능성도 없다. 대체 어디로 간 걸까? 위대한 탐정은 왜 그녀를 찾지 못했나?

실패의 무게감에 푹 숙인 고개, 축 처진 어깨로 그는 방에 들어와 문을 닫는다.

이상하다. 마치 누가 밤새 불을 지핀 것처럼 응접실이 따뜻하다. 그럴 리가 없는데.

하지만 어쨌든 따뜻하다. 난로를 보니 불길이 활활 타오르고 있다. 갑자기 경계심이 든다. 누구지? 어떤 침입자가 여길 들어온 거지?

그러나 주변을 살펴보기 위해 가스등을 켜는 순간 그는 누구 짓인지 강한 심증이 온다. 증거를 뒤져보지 않아도 알 수 있다. 뾰족한 칼날처럼 날카로운 감정이 가슴을 쿡 찌른다. 분하다. 그는 주먹을 꼭 쥐고 욕을 참으려고 애를 쓴다.

난롯가에는 이제 새까맣게 타버린 검은 옷의 흔적이 그득하다. 타버린 옷은 수녀복이었음이 분명하다. 그는 자신의 변장용 물품 중에 뭐가 사라졌는지 짐작한다. 그래, 우리 아주 똑똑한 여동생께서는 오빠가 자신을 찾으러 오지 않을 딱 한 곳, 그러니까 오빠의 방에 숨어 밤을 지새우다 도망쳤다.

"이런 건방진 녀석!" 그는 이를 앙다물고 중얼댄다. "이런 뻔뻔한, 낯 두꺼운…… 그야말로 염치도 없이 태연하게, 대담하게 이런 짓을 벌이다니!" 그러나 그는 여동생이 자신을 보기 좋게 물 먹인 증거를 노려보며 입가로 손을 가져간다. 그의 얇은 입술이 실룩이더니 곧 미소로 변한다. 그리고 진심으로, 거의 즐거운 듯이 웃기 시작한다.

* * *

『팰맬 가제트』와 다른 신문 등등의 개인광고 란에 이런 메시지가 실렸다.

"나의 국화여: 순수의 2번째 글자, 저항의 2번째 글자, 6번째 글자, 저항의 3번째와 4번째 글자, 출발의 2번째, 3번째 글자, 그리고 다시 저항의 6번째 글자 2번 중복. 당신은? 당신의 담쟁이덩굴."

발신인은 이 암호를 사용하는 편이 안전하다고 보고 있다. 데이지, 엉겅퀴, 스위트피로 사실 간단한 암호지만 친애하는 적수이기도 한 친오빠의 책상에서 이 암호를 풀지 못한 것 같은 메모를 보았기 때문이다.

??? 건정항 사랑True love

눈결Purity

사고Thoughts

눈수Innocence

신의Fidelity

출발Departure

EITOF P 아니면 A, D, 아니면 E??

이렇게 단순한 암호를 위대한 탐정이 풀지 못하다니

얼마나 놀라운가! 그러나 그가 정말 이 암호를 해독했다면 런던에서 빈둥대고 다니는 대신 집시를 찾아 나섰을 것이다.

그래서 그녀는 메시지를 보냈다. '별일 없어요ALL IS WELL.' 엄마가 연락이 없는 이유를 어쩌면 알 것 같았기 때문이다.

라고스틴 박사의 '사이언티픽 퍼디토리언' 사무소는 잠정 무기한으로 문을 닫았다. 즉, '라고스틴 박사'가, 사무소가 안전하다는 판단이 들 때까진 영업을 안 한단 뜻이다. 그럼 남는 시간을 이스트엔드의 가난한 거리 부랑자들을 도우며 보낼 수 있을 것 같지만, 한편으로 생각하면 거기에도 보는 눈이 있을 것이다. 낮에도 말이다. 결과적으로 얼굴에 든 멍이 다 빠지고 난 다음 무슨 일을 할지 뭔가 아이디어가 떠오를 때까지 그냥 하숙집에 박혀 있어야 할 처지다.

신문에서는 레이디 세실리의 소식을 전혀 찾아볼 수가 없다. 모두 쉬쉬하는 일이기 때문이다. 알렉산더 핀치 일이라면 오늘의 사건사고 란에서 겨우 짧게 언급된 게 전부였다. 살인미수, 폭력 혐의로 체포됐다는 소식이었다.

다른 간행물들에서도 역시 전혀 흥미로운 소식이 없다. 며칠 후 『타임즈』, 『모닝포스트』, 『이브닝스탠다드』

의 상담 칼럼 코너를 비롯해 모든 일간지에 일제히 이런 메시지가 실렸다.

"E.H.에게: 이성적으로 행동하렴. 우리 가족의 명예를 위해 용서해줄 테니. 무조건. 꼭 연락하렴. S.H. & M.H."

수신인인 'E.H.'는 『타임즈』 등에 답장을 싣고 싶은 마음이 간절하다. 다음 날 신문에는 이런 메시지가 실린다.

"S.H. & M.H.에게: 바보 같은 소리. E.H."

품위 있는 여성의 소명이 사회에서 자신의 적절한 위치(결혼과 주부로서의 생활, 거기에 덤으로 노래 강습과 응접실에서 피아노 연주하기 등)를 받아들이는 거라면, 그렇다면 곧 여성이 될 이 소녀는 차라리 품위 있는 여성이 되지 않겠다. 더 정확히 말하면, 차라리 가족에게 불명예스러운 존재가 되겠다.

며칠 후 『팰맬 가제트』의 개인광고 란에 이런 흥미로운 메시지가 실린다. "llatdn at sdlu owu oy wen kIeni vgnig nilcato nytil edif."

메시지의 수신인은 이 단어 아닌 단어들의 띄어쓰기를 무시한 채 뒤에서부터 읽음으로써 쉽게 암호를 해독한다. 이전에 보낸 그 애원의 메시지에 왜 엄마가 답하지 않았는지 자신의 생각이 맞았음을 확인한다. 엄마는 자신을 구하러 올 수도 없고, 오지도 않을 것이다.
절대로. 그러나 엄마는 직접적으로 그런 부탁을 거절
할 수 없다. 그러므로 괴짜 중년 여성이 할 수 있는 대
답이라곤 침묵뿐이었다.

지금까지는.

쓸쓸한 미소를 지으며 메시지의 수신인은 어릴 적
자주 듣던 목소리를 또다시 이 메시지를 통해 전해 듣
는다.

"신의는 들러붙는 줄기도 아니고 네가 가만히 있지
않을 줄 알았어."

다시 말해 엄마의 말뜻은 이거였다. "딸아, 엄만 네가
혼자서도 꽤 잘할 거란 걸 알았단다."

별일 없다고?

'나는 거짓말쟁이다. 별일 없지 않다. 전혀.'

그러나 별일 없을 것이다. 고독이라는 이름의 소녀는
그렇게 다짐한다.

언젠가는 그렇게 될 것이다.

왜냐하면 그녀는 잘 해낼 테니까.

빅토리아 시대 런던 속으로

전편에서 "오빠가 감히 이해하거나 상상하거나 실행할 수 있는 일"도 해낼 수 있고 또 그렇게 하겠다고 선언한 에놀라 홈즈. 주체적이고 독립적인 소녀 에놀라 홈즈는 이번 이야기에서 자신의 선언을 실행에 옮긴다. 직접 탐정사무소를 연 것이다. 오빠인 셜록 홈즈와의 직접적인 경쟁을 피하고 싶어서, 혹은 어쩌면 오빠의 명성을 의식해서 자신은 탐정이 아닌 '탐색가'라는 뜻의 '퍼디토리언'이라고 주장하고 있지만 말이다.

전편에서 에놀라 홈즈의 가족사와 그녀가 혼자서 탐험을 시작하게 된 계기가 그려졌다면, 이번 이야기에서는 본격적인 에놀라 홈즈의 모험이 펼쳐진다. '퍼디토리언'으로서 에놀라 홈즈는 사라진 왼손잡이 숙녀를 찾아내기 위해 고군분투 맹활약하는 동시에 런던 최고의 탐정이자 오빠인 셜록 홈즈와도 소소한 자존심 대결을 벌이기까지 한다.

조금은 낯선 영국 빅토리아 시대의 풍경과 문화가 부담스럽지 않게 다가오는 것은 어느 인터넷 독자 서평처럼 셜록 홈즈, 왓슨 박사, 허드슨 부인 등의 카메오 출연과 주체적이고 당당한 소녀 에놀라 홈즈 캐릭터 자체의 매력 덕분일 것이다. 이번 이야기에서는 특히 '셜록 홈즈의 여동생'이라는 설정에 의구심, 또 호기심을 가졌을 많은 독자들과 셜로키언들을 만족시킬 만한 재미난 에피소드도 펼쳐진다.

그러나 개인적으로 이번 권의 가장 큰 매력으로 꼽고 싶은 부분이 있다면 여성운동과 노동운동의 부상, 계급론과 막시즘, 심각한 도시 빈민 등의 이야기를 십대 탐정 에놀라 홈즈의 모험담 사이사이 탁월하게 버무려 낸 저자의 솜씨다. 낸시 스프링어는 복식사나 상류계급에 대한 묘사를 넘어 찰스 디킨스의 소설이 떠오르는 그 시절 런던의 모습, 그리고 변화가 시작되던 계급사회의 일면까지 세밀하게 담아냈다. 그저 청소년 소설에 지나지 않는 책이 아니라, 그 이상 성인 독자에게도

253

지적인 즐거움을 선사할 수 있는 작품이다.

악명 높은 짙은 안개와 무시무시한 연쇄살인마 '잭 더 리퍼'가 거리를 누비던 빅토리아 시대 런던은 어쩌면 그렇게 위험하기 때문에 에놀라 홈즈 같은 당당하고 용감한 소녀에게 더할 나위 없이 완벽한 모험의 장소 인지도 모른다. 우리 독자들은 작가가 철저한 조사와 상상력으로 구현해낸 그 시대 런던 속으로 에놀라의 손을 잡고 한 발 내디디며, 스릴 넘치지만 안전한 여행 을 시작하면 될 일이다.

장여정

옮긴이 장여정 이화여자대학교 통역번역대학원을 졸업하고 현재 번역가로 활동 중이다. 옮긴 작품으로는 『담장할게, 꼭』, 『사랑의 작은 순간들』 이외 하버드대 한국학연구소에서 발간하는 한국문학저널 『Azalea』에 게재된 성석제 작가의 단편 「이 인간이 정말」(공역)이 있으며 tbs eFM의 도서 프로그램 'The Bookend'에서 한국문학을 소개했다.

애놀라 홈즈 시리즈 2
왼손잡이 숙녀

초판 1쇄 발행 · 2019년 1월 30일
초판 3쇄 발행 · 2022년 1월 20일

지은이   낸시 스프링어
옮긴이   장여정
펴낸이   김요안
편집   강희진
디자인   김이삭

펴낸곳   북레시피
주소   서울시 마포구 신수로 59-1
전화   02-716-1228
팩스   02-6442-9684
이메일   bookrecipe2015@naver.com | esop98@hanmail.net
홈페이지 www.bookrecipe.co.kr | https://bookrecipe.modoo.at/
등록   2015년 4월 24일(제2015-000141호)
창립   2015년 9월 9일

ISBN 979-11-88140-59-6 43840

종이 · 화인페이퍼 | 인쇄 · 삼신문화사 | 후가공 · 금성LSM | 제본 · 대흥제책

이 도서의 국립중앙도서관 출판예정도서목록(CIP)은 서지정보유통지원시스템 홈페이지(http://seoji.nl.go.kr)와 국가자료공동목록시스템(http://www.nl.go.kr/kolisnet)에서 이용하실 수 있습니다. (CIP제어번호: CIP2019001665)